네 고통은
나뭇잎 하나 푸르게 하지 못한다

네 고통은 나뭇잎 하나 푸르게 하지 못한다

이성복 아포리즘

문학동네

| **일러두기** |
이 책은 1990년 도서출판 살림에서 발간된 『그대에게 가는 먼 길』의 전문을 되살리고 일부 구절들을 다듬은 것이다.

1977

1

허무—기형적인 감정, 이파랑치를 표백시킨 감정. 허무를 실체로 여기는 자들의 심약성. 허무가 허무 자신을 간통하고 부정할 때까지 한 시대를 지탱해주는 것은 재능이 아니라 힘이다.

2

내가 『최신약(最新約)』이라는 시험관 속에 신과 여러 종류의 인간군—전통주의자, 히피, 예술가 등—을 한꺼번에 집어넣고 배양해본 결과, 신은 결코 죽지 않는다는 사실이 드러났다. 인간들의 여러 주장은 서로 평행해서, 신의 살해에 공모할 만큼 이해타산이 맞지 않는다. 이들의 상이한 주장 때문에 신은 자살할 만한 궁지에 몰리지도 않는다. 신의 죽음 또한 일파(一派)의 주장이다. 인간은 신을 죽일 만한 플롯을 꾸밀 수도 없고, 그 플롯에 참여할 수도 없다.

3

위증(僞證)의 시대를 살며 지성이 치러야 할 노역(勞役)은 이미 판치고 있는 거짓 명제들을 기소하는 일뿐만 아니라, 그것들을 살찌우는 맹랑한 질문들을 뿌리째 제거하는 일이다. 가령 '사람은 무엇 때문에 사는가' '달리 네가 무슨 일을 할 수 있겠는가'. 이러한 질문들의 대다수가 자기 방어의 최후수단으로 쓰여지고, 사이비 진실을 정당화하는 에너지가 된다. 비겁한 자들의 비속한 인격에 오염된 질문은 무구(無垢)한 생을 물어뜯는다. 히피와 그의 동거자들을 이런 각도에서 공격할 것.

4

아마추어인 우리들은 시를 갈구하지만, 시로서는 엄격하게 우리들의 간(肝)을 요구한다. 하여, 사춘기의 소년들이 시의 독가스를 쐬고 유태인들처럼 죽어간다.

5

정신의 괴로움을 자랑으로 아는 시대, 자랑까지는 아니더라도 기쁨으로 느끼는 시대는 얼마나 유약한가. 갈등을 이겨내기 위해서가 아니라 직업적 소재로 삼는 자들의 나약함이란!

6

우리들은 성(性)에 대해 진지하게 이야기하려 하지만 말초신경만이 바르르 떤다. 성은 중요하다. 그러나 중요하기 때문에 강조하다가는 성에 할퀌질을 당한다. 성은 어느 과일보다 달콤하다. 그러나 달콤하다고 발설함으로써, 우리는 그 과일을 썩혀버린다.

7

시대의 어려움을 방종의 구실로 삼지 말고, 자기 탓으로 돌리지도 말 것. 양자 다 어둡고 진지한 표정으로 흥청거리는 꼴을 볼 때마다 혓바늘이 돋는다.

8

고급문화가 서민들의 피를 빨아먹고 자라났다는 말은 지나친 표현이다. 민중에게서 우러나온 것만을 문화로 국한시키고 싶은 우리들의 의협심도 민주주의의 맹점들 가운데 하나인지 모른다. 민중문화는 본능의 여과이다. 역사라는 투명한 비이커에 가라앉는 앙금도 아름답지만, 의식적이고 지적인 문화를 언제까지나 사치하다고 비방할 수는 없다.

9

여태껏 우리 시대만큼 물질이 정신에게 치명타를 준 적은 없다. 물질과 정신을 서로 싸우게 만든 책임까지 우리 시대에 돌아올지 모른다. 물질의 근본 속성은 평등이다. 우리는 서로 동등해지려 하면서 물질화된다. 신에게서 버림받은 정신이 물질의 잠을 거부하고 상징의 숲으로 잠적하고 싶은 까닭도 여기에 있다.

10

예술에 있어서 새로운 주제란 없다. 영원한 주제의 새로운 체험만이 문제된다. 예술가에 대한 새로운 체험의 지배 형식이 곧 예술의 형식이나. 얼마나 진부한 이야기인가. 그러나 일단 형식 쪽에 윙크를 해줌으로써, 사유(思惟)의 난봉질에 일침을 가할 수 있다.

11

날카롭게 보지 마라, 그대의 재주는 쉽게 부러져버린다.

12

오늘날 우리는 우리 시대의 특권이라 할 수 있는 자아의 귀족주의 때문에 갈피를 못 잡고 있다. 언제부터 인간이 그렇게 고상해졌는가. 우리가 고상해진 뒤부터 우리의 고통은 감미로워졌다. 바꾸어 말하면 우리의 귀족주의를 자아에서 제거할 때, 우리의 불행도 기운을 잃을 것이다. 그러나 왕의 권좌에 오른 자아가 '누보로망'처럼 아직 기세등등하지 않은가.

13

오늘날 비평은 작가와 독자를 고루 죽일 수 있는 기술을 개발하였다. 비평이 자본주의와 함께 득세하게 되었다는 것도 기억할 것.

14

내 병을 신경성으로 추단한 의사는 정신과에 추천서를 내주었다. 나는 그것을 찢어버렸다. 내 육체가 정신에게 병을 건네주었다면 용서할 수 있으나, 정신이 육체의 정상적인 움직임을 방해했다면 수치스러운 일이다. 나는 정신의 동정(童貞)을 믿는다.

15

예술을 당대의 민중 편으로 끌어가려는 이들의 의기를 백번 박수하더라도, 의기는 생의 전부가 아니다. 생은 예술의 전부가 아니다. 예술은 생과 죽음의 아들이다.

16

해변에서 바라보는 바다와 바다 한가운데서 바라보는 바다는 전혀 다르다. 살아 있는 내가 죽어 있는 나에 대해서도 그렇게밖에 보지 못한다면, 무엇 때문에 살아야 하는가. 왜냐하면 내 삶은 죽음을 억압하는 일—내 뚝심으로 죽음을 삶의 울타리 안으로 밀어넣는 노력 외에 다른 것이 아니므로. 어느 날 죽음이 나비 날개보다 더 가벼운 내 등허리에 오래 녹슬지 않는 핀을 꽂으리라. 그래도 해변으로 나가는 어두운 날의 기쁨, 내 두 눈이 바닷게처럼 내 삶을 뜯어먹을지라도.

17

낭만주의자들은 집에다 싸움판을 벌여놓고 가출한다. 그들은 본질적인 문제를 해결할 만한 힘이 없기 때문에, 이미 제기된 문제를 미루거나 포기하고 새로운 문제를 찾아나선다. 그들이 신비에 정통한 듯이 행동하는 것도 그곳에서는 안심하고 나태해질 수 있기 때문이다.

18

우리가 감각만을 신성시할 때, 떠나가는 우리의 육체를 보아라. 끝없이 흘러가는 육체의 뗏목이 시간보다 더 빨리, 더 유쾌히 미친 공허의 가슴패기를 찌를 수 있을까. 그러나 육체가 멈추려고 하는 순간, 우리의 시선은 끊어지고 만다.

19

세계와 인간에 관한 한, 인식의 불가능성은 우리가 얻을 수 있는 유일한 인식이다. 그 불가능성은 인식이 처음이자 마지막으로 자기 통로를 여는 것이 된다. 불가능성, 혹은 유일한 인식의 출구를 통해 잡신(雜神)들은 신원보증서 없이 출입한다.

20

나의 본업은 웅변가이지 시인이 아니다. 그러나 불행히도 나는 변론해야 할 주제를 상실한 웅변가이다. 나는 그 사실을 실감하며 액면 그대로 받아들인다. 세계여, 평안하시라!

21

'모든' '완전한' '진실한' 등 일련의 형용사들의 간계를 조심하지 않은 까닭에, 젊은이들의 정신이 정체하거나 부패하는 수가 있다. 힘겨운 문제를 대면하는 데 지구력을 보일 수 없는 사람들은 이와 같은 형용사들을 미끼로 문제를 농담으로 유인해들이는 것이다.

22

하나의 운명으로서 절망이 다가와 압도하기 전에, 스스로 임의의 절망을 만들어내는 능력이 우리를 정화한다. 무수한 절망 연습을 통해 우리는 과장된 자기 전시와 기교의 소모성으로부터 벗어날 수 있다. 세삭된 절망 속에 진실과 아름다움이 동거한다.

23

'주의(主義)'의 이름 아래 젊은이들은 허위를 간파하는 의혹 없이 늙어간다. 오류와 위험은 생의 요동기에서건, 경건한 은둔 속에서건 어디에나 있다. 오류와 위험은 그것들을 목도하기 위해 안달하는 사람들을 삶과 꿈 어느 영역에서나 알뜰하게 살도록 만든다.

24

산문이 미드필드를 가로질러 속공을 노리는 데 반해 시어(詩語)는 로빙볼과 같다. 소위 문명이 밀집방어하는 문전에서 예감과 기대에 가득 차, 그러나 완연한 판가름을 염두에 두지 않은 채, 바나나킥으로 쏘아올리는 투기—그때 언어는 상징성을 얻고 혜성처럼 화염을 날리며 떨어진다. 이제 사물이 스스로 헤딩해야 할 찬스이다.

25

우리의 신은 우리의 고통에 달려 있는, 쓸모없는 올챙이 꼬리 같은 것이다.

26

누구든지 자기 시대의 밑바닥에서 학대받는 사람들의 고통을 간과하고서는 더이상 정직할 수 없다. 그가 신이라 할지라도……

27

만약 구원이 온다면 지금 이곳에 오지 않으면 안 되며, 또한 지금 이곳의 '변형'으로서일 뿐이다. 우리는 너무 오랫동안 속아왔다.

28

천국과 지옥 사이에는 우리의 언어가 답사해보지 못한 수많은 반지옥(半地獄), 반천국(半天國)들이 있을 것이다. 신의 정의를 위해서도 그것이 필요한데, 하물며 성자도 죄인도 아닌 우리들로서야……

29

현실을 배반하고, 배반하기 위해 도입되는 신비는 현실의 더욱 불순한 노폐물일 따름이다. 우리가 '산다' 함은, 더욱이 '역사적으로 산다' 함은 신비가 악덕으로 매도된 다음에도 어떻게 되살아날 수 있는지 관찰하고 시험하는 일이다.

30

때로 사랑이 강조됨으로써 자기 합리화의 수단이 되고, 한 시대의 정신적 공해가 된다. 우리를 답답하게 하는 것은 사랑이 '헤픈 신음'이나 '발작적 분노'로 전화되어, 어이없게도 권력과 불평등을 고착시키는 것이다.

31

입으로 먹고 항문으로 배설하는 것은 생리이며, 결코 인간적이라 할 수 없다. 그에 반해 사랑은 항문으로 먹고 입으로 배설하는 방식에 숙달되는 것이다. 그것을 일방적인 구호나 쇼맨십으로 오해하는 짐승들!

32

현장언어는 절대언어이다. 신은 그 소리를 듣고 어쩔 수 없이 도래할 것이다. 현장언어는 신에게 향하는 언어가 아니라, 신을 왕진시키는 언어이다. 그것은 언제나 솔직해야 하며, 과장에 빠져서는 안 된다. 그것은 저주하는 언어가 아니라, 개종하는 언어이다.

33

대중사회가 시인을 더욱 살기 어렵게 만드는 이유는 아무리 무지하고 추악한 인간 집단이라도 쉽게 경멸하지 못하게 되었다는 점에 있다. 전시대의 시인들은 그들을 괴롭히는 사회환경을 혐오하고 저주함으로써 그들의 고통을 열락으로, 그들의 불운을 사명으로 바꿀 수 있었다. 그러나 이제는 그 특권이 용납되지 않는다. 사적(私的)인 불행까지도 특권으로 간주되는 모멸의 현장에서.

34

신을 탐구하기 위해 우리는 먼 데로 떠날 수 없다. 지금, 이곳에서 신은 잉크한다. 신은 애욕이고 고통이며, 신성은 매연으로 떠돈다. 우리의 피로한 일상행위는 신에게 드리는 기도일 따름이며, 우리를 억압하는 사람들도 알고 보면 사제들이리라. 왜냐하면 온갖 참혹한 놀이의 장황한 규칙들을 그들은 일찍부터 암기하고 터득했으니까.

35

우리를 닮은 신들밖에 기억하지 못하는 우리는 음울한 공장지대에서 스스로 천사가 되어야 하리라. 분노할 때마다 날개를 펴고, 매연 속에 피어오른 장미꽃 같은 판잣집 위로 여러 번 추락하리라.

36

고통이 쾌락으로 바뀌기 전에, 우리는 피로에 떨어진다. 고통을 음미하기에는 우리는 너무 우둔하고, 너무 분주하다. 신도 우리처럼 우둔하고, 분주하다. 만약 우리에게 충분한 돈과 시간이 있다면, 그것들을 신과 함께 나누어 쓰리라.

37

신은 우리와 같은 공단(工團)에서 일하는데, 언제나 야근을 도맡아 한다. 그에게는 애인도, 누이도, 고향도 없다.

38

산 것과 죽은 것, 곤충과 인간, 치욕과 뻔뻔스러움이 서로를 강간하는 밤, 신은 알루미늄으로 만든 의족(義足)으로 오염된 강을 건너온다. 신이 갈라주어야 할 빵은 이미 잘게 찢겨 어두운 하늘에 뿌려졌다.

39

생각한다는 것은 자기 자신을 늪으로, 사막으로 내보내 죽음의 거머리와 하이에나에게 물어뜯기게 하는 것이다.

40

사유(思惟)—우리의 분비물을 정성껏 끌어모아 썩지 않도록 방부제를 뒤섞는 것.

시작(詩作)—때때로 그것을 손으로 찍어 맛보는 것. 그리고 허탈해하는……

비평(批評)—원숭이처럼 상대방의 더러운 털 속에서 이를 잡아 제 입에 털어넣는 것.

41

자신의 비겁함이나 나약함 때문에 오는 고통을 가능한 한 피하고, 죽음으로부터 공포를 박탈해 육신이 정당하게 흙으로 돌아가게 할 것. 유기체로 살면서 화내고 기뻐하고 괴로워하되, 가치나 의미를 미리 따지려 하여 행동을 망치는 일이 없도록 할 것.

42

나는 모든 선악 속에 나를 허용한다. 나는 생(生)의 물결 속에 흘러왔으니, 생을 거스르지는 않겠다. 생의 동물성을 최대한 긍정하고, 신화나 사상에 온몸을 내거는 투기는 하지 않겠다. 그것들은 이제 내 몸을 통해 생성되어야 할 것들이다.

43

비관주의의 뿌리를 찾아라. 성(性)과 자유정신의 부유함을 비난하며, 그것들을 무능력의 울 안에 감금하는 그 잘난 비관주의의 정체를 밝히라. 도라지 뿌리보다 더 얕게 땅에 박힌 비관주의의 부름켜를 찾아서, 난데없는 '죄'와 '죽음 연습'과 더불어 팽개칠 것!

44

사상(思想)을 거부한 자의 후광을 보라! 그 비참함과 아울러……

45

사상과 관념의 목을 비튼 자에게는 체계와 구성의 작위가 없다. 오직 비유와 신랄함이 유약한 것들의 하체(下體)를 건드려 떨게 한다.

46

수족마비와 전신마비, 정신과 꿈의 야릇한 불구, 제 청춘의 생매장을 경험한 자는 성스러움의 근원이 우열(愚劣), 광란, 난치병, 치욕, 창독(娼毒), 추악에 있다는 것을 안다.

47

진흙 속으로 다시 들어가 수척해보지 않은 정신은 자기 성장의 부름켜를 찾지 못한다. 추악한 것, 비극적인 것, 만취한 것 들은 우리들의 행위를 빈틈없이 호송하여, 우리가 과열된 상상력 때문에 월경(越境)하는 것을 막아준다.

48

질문의 순수성을 보존하되 압도당하지 않고, 동경과 불안으로 몸을 떠는 감정의 가축들을 잡아 선혈을 마시는 자는 전도서(傳道書)의 가시 울타리를 쉽게 빠져나올 수 있다. 그는 고의적으로 허무를 유도하는 왜곡된 질문들을 낱낱이 적발한다. 그는 순간순간 자신을 파묻고 다시 캐내며, 매순간 임종과 출생을 거듭한다.

49

감정의 나약함, 혈통적인 정신쇠약으로 인해 세상을 더러운 장소로 낙인찍는 자들의 정신만큼 더러운 것은 없다.

50

더 흘러나오지 않는 피를 빨며 네 상처의 근원에 이르지 못하고 되돌아선 신(神), 신의 푸른 입술에 대해 기억할 것. 오래 그를 네 수치 속에 파묻어 우엉처럼 싹이 나게 할 것. 그에 대해 헤프게 이야기하지 말 것. 다만 그를 보살필 것. 그리하여 어느 날 슬퍼하지 말고, 그가 객사하도록 떠나보낼 것.

51

인간을 발전시키기 위해서는 우선 든든한 가치기반이 마련되어야 한다. 척도 없이 진보는 없다. 인간 진화론, 역사 발전론이라는 믿음에서 투기성을 제거하기 위해서라도, 올바른 척도가 주어져야 한다. 인간의 겨드랑이에서……

52

사물들의 의미는 그들의 결혼에 의해 만들어진다. 그들은 그들 사이의 인척관계 때문에 그들 자신이 된다. 인간은 그들의 혼례를 주선하고 주례한다. 인간은 사물들의 결합에서 생겨나는 황홀의 전부를 갈취하는 '펨프'이다.

53

나무가 '되기 위해' 씨앗이 자라는 것은 아니다. 무엇이 된 것들은 또 다른 무엇이 되기 위해, 영원히 무엇이 안 되기 위해, 끝내는 미쳐버리고 말 것이다. 그러므로 목적 때문에 생을 망쳐서는 안 된다.

54

가령 새떼의 날아오름이 별들의 움직임과 유사하고, 꽃의 빛깔이 음부의 색감과 흡사하고, 내장 속의 기생충들은 내가 연애할 때 자기네끼리 연애하고…… 그러므로 나는 지옥에서 천국까지 무상출입할 수 있고, 내 죄악은 선행이고, 내 추함은 미덕이다.

55

실재(實在)와 무(無)를 인위적으로 가속하여 충돌시킬 때 일어나는 핵폭발 반응—이승이 한순간 크게 밝았다가 저승 쪽으로 함몰한다.

56

위대한 것을 생각할 때마다, 벅차오르는 공포! 죽음이 그 속에서 숨쉬고 있기 때문이다.

57

계율—감정의 속임수를 근절하고, 있는 것을 있는 그대로 긍정하며, 인식의 정상에서 행위의 성좌를 펼칠 것.

58

계율—비극적 감정을 쉬이 너의 쾌락으로 바꾸지 말 것. 신의 제단에 올라야 할 기도를 네 음식으로 취하지 말 것.

59

계율—세상을 꿰뚫는 공정한 사명이 부재하는 한, 너의 몸을 사명의 근거지로 삼아, 움직이는 몸이 시(詩)로 포착되도록 할 것.

60

계율—전도서 탈출, 탈 허무, 탈 비관주의!

61

계율—허무라는 길손을 맞기 위해서는 여분의 방과 깨끗이 풀 먹인 침구를 언제라도 준비해둘 것.

62

계율—형이상(形而上)의 세계를 시인하게 하기 위한 질문들을 경계할 것. 가령 '인간은 무엇 때문에 사는가' '우리는 어디로부터 와서, 어디로 가는가' 등등.

63

신(神)은 생(生)의 살갗에 흘러나온 굳기름 같은 것이다. 목욕하고 다시 태어나라!

64

우리의 고뇌는 신의 출현방식이다.

65

신(神)은 신(神)을 갈망하는 우리들의 변신(變身)이다.

66

삶은 아무것도 속이지 않는다. 정직하게 시간의 칼을 휘두르며, 자기의 변화를 완성할 뿐.

67

기쁨과 슬픔 사이 그 지루하고 고통스러운 여백을 위해 우리는 몸짓을 다해 땀 흘린다.

68

낙관(樂觀)하라, 역사(轢死)한 어린아이 앞에서, 쓰레기장의 사과껍질 앞에서!

69

나의 행동원칙—선행위(先行爲) 후가치(後價値).

70

아름다운 죄, 타락의 종양. 내가 괴로워할 때마다 이브는 출산의 몸부림을 친다. 내 몸 가까이에 흐르는 오염된 강물. 이제는 내가 하나님을 유혹할 차례다.

71

우리의 사고(思考)는 척추처럼 유연하고, 늑골처럼 자기 보호의 울을 치고, 다리뼈처럼 이동에 봉사한다. 즉 사고는 몸 이상의 것이 아니다.

72

어떤 논리든 증명되지 않는 것은 없다. 그러므로 증명된다 해서 다 믿을 수는 없다. 증명은 가장 조악한 비유에 지나지 않는다.

73

진리는 진리를 말하는 입의 순수성을 전제로 한다. 괄호 속에 묶인 중립 불변의 진리란 존재하지 않는다. 진리는 궁지에 몰린 인간의 최후 자백이어야 한다.

74

사실을 사실대로 밝힌다는 것은 불가능하다. 밝힘의 과정이 사실을 왜곡하지 않을 수 없기 때문이다.

75

살아 있는 우리의 숙제—죽음에서 의미를 박탈하는 것.

76

나—체계 없는 가난과 고초. 가시덩굴처럼 삶과 뒤엉켜 떨어질 줄 모름.

77

나는 멸망하면서, 내 멸망의 시간과 맥박을 잰다. 그때 사물이 내 살가죽을 생생하게 부벼댄다.

78

어느 날, 나는 '해방되었다!'라고 선언했다. 그리고 나는 연로(年老)하기 시작했다.

79

관능과 허무는 동전의 안팎과 같다.

80

죽음은 생의 연속성을 파괴함으로써, 영원에의 기도를 가능케 한다.

81

세계는 죽음의 눈길이 닿을 때마다 천국으로 변한다.

82

성스러움의 본질을 정면으로 묻는 것은 교양 없는 인간들의 모략이다.

83

우리가 빼저리게 살고 있는 이 세상이 성스러움의 신산(先山)이라는 믿음을 한없이 긍정하는 사람들은 성가족(聖家族)에 속한다.

84

우리는 진흙덩이를 날개에 붙이고 요단을 건너는 나비들이다. 신이여, 파국을 넘어서 후광을 보내소서, 우리가 채색 유리처럼 빛나겠나이다.

85

재능이 없는 사람들은 자신의 무질서와 무체계를 자유라고 생각한다.

86

'본다'는 것은 이미 편견을 가지기를 택했다는 말이다.

87

이 삶이 '옳지 않다'는 말은 삶에 대해 우리가 말할 수 있는 유일한 '옳음'이다.

88

죽음이 있으므로 삶이 있다. 삶과 죽음은 남매간이며, 아름다움과 불결함은 부부간이다. 시—불결함의 결정(結晶)으로서의 아름다움, 혹은 무중력권으로의 진입.

89

영원한 삶이란 근원으로 돌아감을 의미한다. 나는 내 생일에 죽음을 생각한다. 잠시 영원이 내 곁에 머문다.

90

내용에 의해 위협받고, 그 때문에 항상 긴장해 있는 형식이 아니라면, 죽어버린 형식이다.

91

여기서 더 긴 여행을 떠나지 않으면 너는 집에 못 돌아가리라!

92

때로 우리는 구체적인 것들이 훨씬 더 추상적이라는 사실을 알게 된다. 가령 '아버지'라는 존재는 나의 아버지이면서 동시에 남의 아버지이며, 하나님 아버지이기도 하다. 이 기쁨, 견자(見者)의 기쁨, 아버지 자신도 믿지 않는 기쁨!

93

언어가 존재의 집이라면, 언어의 집은 우리 자신이다. 보다 정확히 말하자면 우리 자신의 육체이다.

94

잔치에 흠뻑 빠져들어가지 않는 사람만이 잔치를 기록할 수 있다. 기록—영원화.

95

자유의 극단은 형식의 창조에 있다.

96

모든 시 작품은 '시'에 대한 추억, 혹은 그 추억의 흔적일 뿐이다.

97

시작(詩作)—존재의 파악일 뿐만 아니라, 존재이고자 하는 노력.

98

상징은 은유적 관계의 소멸 위에 구축된다.

99

나는 사물 내부의 동심원이고, 사물은 나의 내부의 동심원이다.

100

억압으로부터의 해방은 자유가 아니다. 왜냐하면 그때 자유라는 것은 억압의 부재에 불과하기 때문이다. 그러나 억압은 자유다.

101

시인의 어리석음—'나는 바다야!'라고 물고기는 말하지 않는다.

102

병마개를 병 속에 집어넣기는 쉬워도, 다시 빼내기는 어렵다. 이 당연한 일은 모든 것을 이야기해준다.

103

절망하는 순간만 우리는 살아 있다. 절망은 우리를 소유한다. 우리가 절망하는 순간, 개개의 사물은 변용(變容)한다.

104

자명한 문학—너는 부끄러워하기만 하면 된다.

105

창조하는 사람은 아무것도 동정할 수 없고, 동정해서도 안 된다. 공감과 연민은 독자의 것이다.

106

삶은 끊임없는 죽음으로부터의 도피이다.

107

아름다움은 언제나 윤리를 초월하지만, 아름다움을 만드는 행위는 어떤 행위보다 윤리적이다.

108

죽음 혹은 부재는 우리의 존재를 완성한다.

109

삶의 근원에 접근한다는 것은 끊임없이 삶으로부터 '성실히' 도피하는 것이다.

110

쓴다는 것은 끊임없이 자기를 비정상으로 만들어가는 것이다.

111

쓴다는 것이 자기 내부의 석탄을 캐는 일이라면, '지성'은 광부들의 모자에 달린 전조등과 같다.

112

쓴다는 것은 불행히도 '잠깐' 동안만 어린이나 미치광이가 되는 것이다.

113

모든 내기를 시에 걸자. 들려오는 기차 소리와 늙어가는 어머니까지도…… 사랑은 죽음으로 이루어지리라.

114

사람이 시 없이 살 수 있는가? 그런데도 사람들은 시 없이 살고 있고, 살 수 있다고 생각한다. 그들은 그것이 현실이라고 생각한다. 그러나 착각해서는 안 된다. 그들이 살고 있는 것은 현실에 대한 그들의 관념일 뿐이다.

115

현실과 상상력은 원래 하나이다. 그것이 곧 근원이며, 고향이며, 변형의 원동력이며, 삶의 흐름을 흐름이게 하는 것이다. 현실은 상상력 자체이며, 양자는 서로 비교될 성질의 것이 아니다. 비교한다는 것은 원래 하나인 것을 분리시키는 것이다.

116

죽더라도 죽음에 봉사할 것. 거기서 신이 태어나고 천사가 날개를 가진다. 그러므로 죽음은 불행인 동시에 요행이다.

117

사랑과 증오, 추악과 신성은 둘이 아니다.

118

지금 들려오는 개 짖는 소리, 부풀어오르는 입술, 토실토실 살찌는 절망, 텅 빈 사창가—너는 이것들이 되고 나서야 비로소 네가 될 것이다.

119

시는 죽음의 여행일지이며, 삶의 변형의 기록이다. 거기에 네 영혼은 인장(印章)처럼 찍힌다.

120

음(音)의 유사성에 매달리면 시가 나타난다. 그처럼 어리석음은 성스러움의 태반(胎盤)이 된다.

121

불행은 존재의 핵심이다.

122

괴로움 속에서 이빨은 흔들리고, 시는 터를 잡는다.

123

시는 다른 데서 올 것이다.

124

내가 불행하고 싶은 것은 내가 원해서가 아니다. 무언가 아름답고 절실한 것이 내 머리채를 꼬나잡고 물속에 처박아 황홀경을 보여주기 때문이다.

125

너는 너를 슬프게 만드는 것들만큼 비정하고 잔인해야 한다. 너는 우는 사람의 발모가지를 걷어차버려야 한다. 너의 슬픔을 그의 발모가지로 만들기 위해……

126

불을 쬐듯이 불행을 쬘 것, 다만 너 자신의 살갗으로! 목적과 방법의 의도적 혼동. 사물의 집인 네 마음이 악기가 아니라(그보다 더 가난해야 한다), 사물 자신이 너의 악기이도록 할 것.

127

시—부정(否定), 혹은 부정의 부정.

128

내가 한때 시에서 말했던 것들이 이제는 뾰족한 송곳이 되어 나를 찌른다.

129

시는 목적도, 방법도 아니다. 괴로움의 현재진행형일 뿐……

130

나무야, 네 눈은 어디에 있니?

131

삶—기차역과 사창가의 인접성 혹은 인척성.

132

창살은 네 눈 속에 있다.

133

나는 모든 사람들이 폐품과 폐수임을 알았다. 지금 그들 때문에 내 기억이 몹시 더러워졌으므로.

134

시—육체에 관한 학문이면서 동시에 육체가 하는 학문. 나는 안다, 사물들은 무언가를 감추고 있고, 공교롭게도 내 몸속에 감추고 있음을.

135

일체가 상형문자다. 정신병자나 아이들만이 그것을 안다.

136

시는 너의 생활을 철저히 교살(絞殺)하기를 원한다.

137

괴로움은 신비의 다른 이름이다.

138

시작(詩作)—시대의 문제를 껴안고 시대의 밑바닥으로 추락하기. 그리하여 어둠나라의 지도를 그려주기.

139

사랑—전천후(全天候)의 자유.

140

음악—몸이 진흙에 빠져 우는 소리. 음악은 천국에는 없다. 음악은 죄인의 마음속에서만 울리는 것, 다만 완전히 울리지는 않는 것.

141

사랑은 언제나 구체적이다. 그러므로 사랑은 '좁은 문'이다.

142

한 여자를 위해 내가 서둘러 사정(射精)하지 않으려 애쓰듯이, 세상이 만족할 때까지 내 쪽에서 임의로 세상을 신비화시키지 말 것. 현실 자신이 신비로 변할 때까지 현실을 따라가기만 할 것 마치 연 날리는 아이가 남은 실을 끝까지 풀어주듯이.

143

시간—죽음에 연결된 도화선.

144

목적을 버릴 것, 목적을 괄호로 묶을 것—그리하여 구체적 삶이 '삶다운 삶'을 향해 열려질 수 있도록 할 것.

145

사랑은 대상화를 통해 이루어진다. 그러므로 사랑은 언제나 대상과 합치하지 못한다. 사랑은 '결합된 사랑'조차도 대상화한다.

146

우리가 신이나, 초월이나, 내세를 믿지 않을 때 일어나는 생의 불꽃놀이!

147

첼란(Celan)이나 파베세(Pavese)나…… 내가 사랑하는 사람들, 그들의 불행은 아름답다. 나도 그들처럼 살다가, 그들이 간 곳으로 갔으면 좋겠다.

148

색(色)과 공(空). 색을 버림이 공이 아니다. 공에 이르기 위해서는 색을 버리지도, 간직하지도 말아야 한다. 또한 공에 이르는 모든 노력을 버리고, 그 버림까지 버리는 것—즉 만상(萬象)과 함께 갈 것.

149

관념은 도피 혹은 도피처다. 예술은 '구체적'이 아니다. 예술은 '구체'다. 더할 수도, 뺄 수도 없는 그것!

150

이별—예리한 칼날. 난자당한 기대. 꿈결 같은 패주(敗走). 출렁거리는 말의 바다.

151

있음이 있음으로서 무엇을 할 수 있겠니. 다만 무너지고 썩고 더럽혀질 뿐. 아찔한 높이. 깊은 강. 네 둘레를 또 한차례 지나가는 부재(不在)의 바람. 그 지나감이 있음이듯이, 네가 알지 못함이 또한 있음이니, 빨리 지나가는 것 앞에선 너 또한 빨리 지나가는 것이다.

152

예술—추억의 힘. 시간이 만들어내는 변형. 망각과 추억의 부딪침. 공기와 같은 살, 살과 같은 물. 딱딱한 이름들의 소멸.

153

예술—양파 껍데기같이 얇은 반투명의 막.

154

본다는 것은 버리는 것이다. 무엇이 무심결에 나자빠진다.

155

시—불꽃을 튀기며 타들어가는 도화선. 재가 되는 시간. 지금 무엇이 파괴될 준비를 않고 있는가.

156

시의 근원은 잡담이다. 혹은 잡담을 포함한 본능과 꿈과 어리석음과 철면피함. 그러나 잡담이 곧 시는 아니다.

157

시는 불행의 토지 위에서만 싹을 내민다.

158

사람의 어리석음을 사랑하되, 용서하지는 말 것!

159

두려워하라, 죽음은 네가 두려워하기를 바란다. 그러나 네가 죽으면, 죽음은 더이상 아무것도 요구하지 않으리라.

160

아름다움은 죽음과 분리될 수 없다. 죽음이 있으므로 아름다움이 있다. 아름다움은 사물의 역단층(逆斷層)이며, 그것의 미세한 결과 무늬를 보여주는 것이 죽음이다.

161

시는 그리움의 소멸이다. 비정하라!

162

나의 가난함은 내가 추상적이라는 데 있다. 나는 언제나 시의 그림자일 뿐……

163

그대는 문학을 하겠는가. 그대는 이 땅의 신비를 아내로 삼겠는가. 그대는 팔려가기 전날의 소의 눈망울을 간직하겠는가. 그대는 비 오는 날 공중변소에 적힌 낙서들을 가슴속에 새겨두겠는가. 그대는 관념의 사물화를 위해 이 깊은 밤의 침묵이 되겠는가.

164

신비는 더 구체적이다. 내가 괴로움을 맞아들여 옷을 벗을 때, 괴로움이 신비인 줄 처음 알았다.

165

고통은 애초에 기쁨이었다. 신비가 괴로움이듯이……

166

관념에서 사물로!—이것이 사랑이며, 괴로움이며, 괴로움 다음에 오는 행동이며, 초월을 정당화하는 길이다.

167

말에게 내 권리를 완전히 내맡길 때 나는 자유를 얻는다.

168

우리가 무언가를 할 때, 그것은 우리가 하고 싶은 게 아니다. 미지의 것이 우리를 구멍 속으로 몰아넣기 때문이다.

169

무엇을 버려도 그것은 버려지지 않는다. 다만 버리려는 마음이 사라질 때 그것도 함께 사라진다. 그리고 다시 돌이킬 수 없음이여!

170

내가 혼자 있을 때도, '관계'라는 것은 여전히 불안의 요인으로 남는다.

171

상형문자를 해독하는 길은 '소리'를 따라 '의미'의 단층을 뛰어넘는 데 있다. 시인은 언어의 가능성을 현실성으로 바꾸어줌으로써, 절대 자유와 죽음의 무화(無化)를 성취한다.

172

소설은 시에 이르는 길이다. 시는 신으로 가는 길이 아니라, 언제나 실패하기 마련인 신이다.

173

지성—착암기.

174

고통—극한치의 사랑.

175

내 마음은 꽃들이 잃어버린 집이다. 지금 보이는 꽃들은 내 마음의 그림자다. 꽃들에게 집이 없다는 것은 내 마음의 집이 없다는 것이다.

176

나는 통로다. 해결이 아니다.

177

시작(詩作)—지금, 이 자리에서 하찮은 것들의 정체를 밝혀, 그들의 성스러움을 되찾아주는 것.

178

의문, 의문, 의문…… 끝없는 질문만이 '고향'으로 너를 조금씩 밀어기줄 것이다.

179

모든 것은 육체가 조종한다. 그러나 정신에 의해 단련될수록 육체에서는 더 아름다운 음악이 흘러나온다.

180

구원은 결과의 문제이지, 목표가 아니다. 성스러운 것에 대한 감수성을 지나치게 주장하지 말 것.

181

시—선물. 선물 받음에 의해 뚫리는 또하나의 공허. 선물 안 받음에 의해 생겨나는 우울과 그리움.

182

우리는 시를 통해 연속적으로 산다. 혹은 우리는 시를 통해 온전한 시간의 흐름을 회복한다. 시는 허구가 아닌 '현실'이다. 배설이나 식사, 잠 이상으로 현실적이다.

183

내가 현실로 내려가 즉물적인 소재를 취할 때마다, 패러디와 풍자가 생겨난다. 어떻게 벗어날 수 있을까.

184

사랑이 없는 곳에 지옥도 없다.

185

가장 순수하게 아는 것이란 문제의 순수성을 유지하는 것이다. 즉 문제를 끊임없이 보살피고 키우는 것을 말한다.

186

삶에 관한 근본적인 문제의 해답은 우리 몸에서 이루어진다. 그때 몸은 버려진 악기처럼 저절로 울린다. 그러나 대부분 사람들은 그것이 정신인 줄 알고 있다. 그들의 해답은 경직되어 있으며, 자기 것도 아닌 가치체계에 종속되어 있다.

187

너의 불안은 신의 요람이며, 너의 안정은 신의 무덤이다. 너의 신은 고뇌의 거울에 비치는 너 자신의 모습일 것이다.

188

나의 기쁨은 부정(否定)과 함께 온다.

189

문명의 어머니는 죽음이다.

190

만약 시차(時差)가 없다면 이 세상은 천국이 되었을지 모른다. 원인과 결과가 같고, 사랑함이 사랑받음과 다른 것이 아니라면, 천국은 잃어버린 천국이 아닐 것이다. 예술의 역할은 시차의 소멸 혹은 초월에 있다.

191

육체와 정신을 분할 대립시키는 것은 시간이다.

192

아름다움은 시간과의 싸움이며, 우리의 육체가 시간이 부재하는 장소에 등장할 때의 놀라움과 두려움이다.

193

사물이 자유롭지 못할 때 우리 또한 자유롭지 못하다. 사물에게 자유를 되찾아주는 것은 우리의 자유를 되찾는 일이 된다. 그러나 선후관계를 잘못 생각해서, 우리만의 자유를 되찾으려 할 때 과장된 몸짓과 억지 울음이 쏟아져나온다.

194

나를 살려줄 자는 기어코 나를 죽이는 내 몸이다. 어서 못 박혔으면!

195

사랑을 알기 위해서는 증오 속으로 더 깊이 내려갈 것.

196

베짱이처럼 열심히 노래하라. 길쌈은 염두에 두지 말고.

197

진실은 직관 뒤에 얻어지지만, 진실은 직관 앞에 있다. 직관을 사랑하는 길은 진실을 위해 직관을 부정하는 데 있다. 그러기 위해 우리의 영혼을 철저히 교살하고, 우리의 몸을 악기로 삼아야 한다.

198

사랑, 자유, 구원을 같은 개념으로 받아들이는 것은 우리가 이승에서나, 저승에서나 죽음을 우리의 적으로 삼게 되었다는 것을 의미한다.

199

말이 우리를 끌고 가다 쇠진하면 우리가 말을 이끌며, 우리의 시(詩)로 말이 우리를 이끌 수 있는 힘을 불어넣어주어야 한다.

200

나는 살고 싶다. 그러나 지금 내가 '살아 있지 않다'는 느낌을 갖게 되는 것은 살아 있는 것들, 혹은 죽은 체하는 것들의 아름다움을 충분히 맛보지 못했기 때문이다. 아름다움은 무서움일 뿐만 아니라, 지겨움이며 답답함이기도 하다.

201

신은 새로운 체험 속에 머문다.

202

너는 네 몸이 최후의 풍자가 되게 해야 한다. 즉 네가 풍자 속에 갇혀서는 안 된다.

203

죽음—벗지 않는 아득함, 한없이 떨어져내려도 발 디딜 데 없음. 내게는 언제나 과장만 남고, 이윽고 나는 소모된다.

204

사랑의 부재—그것은 적이 하는 일이 아니다. 사랑의 부재에 대해 묵인하는 것, 그것이 적이 하는 일이다. 그러므로 적은 너의 내부에 있다. 너는 적이다.

205

시—고향 찾기. 죽음을 다시 기억하기. 자신의 소멸을 다만 응시하기. 혹은 심연에서 오래 잠수(潛水)하기.

206

사랑—자기 학대(自己虐待). 혹은 자기를 시(詩)로 변화시키는 일.

207

사랑의 방법을 찾는 것은 이미 사랑에 대한 배반이다.

208

절망에서 멀어질수록 풍자는 더 커진다.

209

사랑 없이는 잔인할 수도 없다.

210

초현실주의는 다리〔脚〕의 미학이다. 동사(動詞)들의 난무와 난장판. 그러므로 명사(名詞)로!—샤갈이 말하는 '근원적 리얼리즘'으로.

211

음담패설과 시—그 양극(兩極)에서만 나는 자유롭다.

212

낭만주의자들의 오류는 꿈이 꿈 되게 하는 조건들을 고려하지 않은 데 있다.

213

지극히 윤리적일 것!―지금, 이 자리에서 너의 허리를 돌려 끝내줄 것.

214

내가 일회적이기에, 나 아닌 다른 것들도 일회적이다. 그러므로 살아 있음은 죄(罪)다.

215

내가 행동했다는 것을 아는 것은 행동한 다음의 일이다. 너무 오래 생각하고 주저하기 때문이다. 그래서 나는 쫓겨나지도, 달아나지도 못한다. 생각은 나의 감옥이다.

216

나는 어둠을 보았고, 그로 인해 시를 알게 되었다. 내가 어둠을 떠나는 날—그것이 어둠 스스로의 모순에 의해서든(구원), 내 스스로 어둠을 망각하든(허위)—나는 시를 잃게 될 것이다.

217

말이 나를 괴롭히도록, 나는 말을 한다.

218

내 몸은 악기다. 뜯어다오, 신(神)이여!

219

내가 부정하면 신(神)은 긍정하고, 내가 긍정하면 신은 부정한다.

220

실낙원(失樂園)—우리는 우리 자신의 '꾀'에 빠져 있다.

221

육체는 우리를 절망으로 이끌지만, 우리가 완전히 절망하는 것을 금한다. 왜냐하면 그때 우리는 시(詩)이므로.

222

소멸해가는 것들만이 사랑할 수 있다.

223

사랑은 변형의 힘이다.

224

문학은 언제나 '……했으면'으로 남는다. 승복하라!

225

살펴보아라, 울지 않는 것들 가운데 살아 있는 것도 있다.

226

나는 공중에 떠 있다. 어느 나뭇가지에든 생피붙고 싶다.

227

'근원'은 늘 가깝게 느껴진다. 아니다, '근원'은 늘 가까이 있다. 다만 도달할 수 없을 뿐……

228

시작(詩作)—언어의 허위를 알면서도 더욱 성실히 언어의 유혹에 빠져들어가는 어리석음.

229

변용은 사랑 속에서 이루어진다. 변용은 사랑에 뒤따라온다. 그러나 변용을 위해 사랑해서는 안 된다. 적어도 사랑을 위해 변용을 감수한다고 거짓말해야 한다.

230

피카소—청색시대에서 큐비즘으로. 사랑의 진로 수정. 사랑 자체의 변용.

231

사랑—육체의 소모성에 대한 보상.

232

'무(無)'는 또다른 환상에 불과하며, '시대'는 변형의 위대한 고향이 된다.

233

아픔, 사랑, 본능—죽음으로 가는 모든 길은 꿈꾸는 독사(毒蛇), 넘실거리며 퍼져나가는 두려움. 멀고 깊은 어둠!

234

삶은 죽음을 비추는 거울이다.

235

지당한 것은 자기가 지당함을 언표(言表)하지 않는다. 이러한 자족의 상태에 들어가기 위해서는, 자기 집중과 엄격한 윤리와 몰아(沒我)가 필수적이다.

236

좋은 노래는 언제나 '절정'의 노래이다.

237

우리가 사물에 의미를 준다는 것은 신이 우리에게 부여한 의미—투명한 영혼의 빛다발—를 어렵게 되찾아내는 것을 말한다.

238

문학은 껍데기다. 그럴듯한 포즈이다. 오, 문학이 신부(新婦)가 되는 날이 왔으면!

239

형이상학은 인문과학의 핵심이다.

240

생음악(生音樂), 생방송(生放送), 생화(生花)—모든 것은 죽어 있다. 살아 있는 척할 뿐이다. 우리들의 문명—자벌레들의 연애.

241

죽음은 생을 완성하기 위해 존재한다.

242

죽음에 대한 조바심이 우리의 생을 옻칠한다. 언젠가 그 위에 나타날 화조월석(花鳥月石)의 자개무늬!

243

사랑은 껍데기다. 가장 민감한 껍데기. 낭심의 피부처럼 유별나게 부드러운 껍데기.

244

절망과 싸우기 위해서는 임의의 절망을 스스로 만들어내야 한다. 마치 산불을 끄기 위해 맞불을 붙이는 것과 마찬가지로. 즉 스스로의 몸에 불을 질러, 세계의 '사리(舍利)'를 얻어내는 일.

245

신이 우리 시선(視線)에 불을 붙여주기에, 우리는 사랑하는 모든 것들을 불태운다.

246

자유는 강자(强者)의 호교론(護教論)에 불과하다.

247

고통—가령 소철나무를 키우기 위해 이따금 쇠못으로 찌르기도 한다.

248

인간—잘 익은 복숭아에 파고드는 벌레.

249

보이는 것들은 안 보이는 것들에 대한 모반(謀叛) 혹은 시역(弑逆)이다.

250

예술가는 손으로 말한다.

251

재능이란 '관심'의 다른 표현이다. 단 집요한, 목숨을 내건 관심이다.

252

대상은 내가 죽는 것을 보고, 그 순간에야 입을 연다. 대상의 말을 듣기 위해 나는 순간순간 죽어야 한다.

253

변형은 시의 본질이다. 나는 시각(視覺)을 시각(視角)으로 이해한다.

254

시는 음영(陰影)이다. 그러나 실물 없는 음영이 따로 있겠는가.

255

생명은 생략에서 온다. 생략은 과장의 일종이다. 여기서도 한 마리의 양을 구하기 위해, 한 무리의 양을 도살해야 한다.

256

생명은 눈에서 대상으로 옮아간다. 그런데 사람들은 대상이 눈에게 눈웃음친다고 생각한다.

257

성(性)과 죽음은 생의 이정표 혹은 풍향계이다.

258

생—가시관(冠) 예수의 축축한 눈으로 음화(淫畫)를 뒤적이다.

259

어떤 시점(視點)에서 우리는 이 가변적인 질서를 몰락시켜야 한다. 그때 그 폐허 위에서 우리의 손발이 떨리며 말을 할 것이다.

260

신은 보잘것없는 내 육체에 집중한다.

261

강조하는 것은 이미 진실을 배반하는 것이다.

1978

262

사람이 사람답게 죽지 못했을 때, 그것을 개죽음이라 한다. 그러나 개는 왜 개같이 죽어야 하는지…… 개가 개같이 죽는 한, 사람이 사람답게 죽을 가능성은 없다. 개죽음으로서의 구원.

263

시—정신의 수음행위(手淫行爲). 그 열은 피로감과 허탈감과 죄의식.

264

거리(距離)가 만들어내는 것 가운데 가장 아름다운 것은 '이미지'이며, 가장 너저분한 것은 '동정(同情)'이다.

265

물에 빠져 지푸라기 하나 잡을 수 없을 때, 너는 물에 매달리는 것이다. 또는 삶—물속에 머리를 처박고 얼마간 헤엄쳐나가기. 꿈과 현실의, 대사(臺詞)와 지문(地文)의 의식적인 혼동. 곧 물먹을 시간이 온다.

266

삶을 삶답게 하기 위해서는 스스로 삶의 환부(患部)를 찾아나서지 않으면 안 된다. 이 마음에도 없는, 무작정의 '오디세이'—괴로움은 죽음이 가져갈 것이다.

267

설사 그것이 너의 삶이라 할지라도 너의 것은 아니다. 너는 삶을 사랑한다. 너는 그것을 껴안을 수 없다……

268

인식(認識)은 아무것도 성취하지 못하고, 아무것도 바꾸어놓을 수 없다. 인식의 즐거움은 노는 즐거움이 아니다. 놀리는 즐거움이다.

269

사랑한다는 것은 사랑하는 대상의 윤곽을 지우는 것이다. 아니, 우리가 누군가를 사랑할 때, 그는 이미 우리 주위를 흐르면서 지워져가는 부분적인 표정들을 보여주는 것이다.

270

가능성을 하나하나 포기하면서 나는 마침내 나를 포기한다. 왜냐하면 나는 가능성 외의 다른 것이 아니므로.

271

사랑은 처음에 온다. 지혜가 끝에 오는 것과 같이. 처음이든 끝이든 모든 공식은 감옥이다.

272

사는 것, 문제가 아니다. 어떻게 사느냐, 역시 문제가 아니다. 삶—근원적인 병.

273

집은 집이 없는 마음이다.

274

사랑, 시간, 우연, 허무는 각기 다른 것이 아니다.

275

천국은 지옥의 부분집합일 뿐이다.

276

죽음을 다시 한번 죽을 때 우리는 '정신을 차리고' 물질이 될 것이다.

277

사랑은 이름을 싫어한다. 사랑은 무언가이다. 그러나 사랑은 이름을 이름 되게 할 것이다.

278

열거는 사랑의 방법이 아니다.

279

정말 무서운 것은 자기 자신이다. 밀려가는 물처럼 자신의 옹벽을 갉아먹는 삶. 눈을 뜨라, 눈을 뜨라! 어려운 시절이 닥쳐올 것이다.

280

고통은 앞서간다. 고통해보고 싶다는 생각의 사치. 고통이라는 말 또한 허위의 껍데기일 것이다. 비참하고 싶은 사람의 비참!

281

안정은 불안 속에서 온다. 폭풍의 눈 속의 새의 고요한 눈, 철들면 잘 안 보인다.

282

시—원래 온 길을 다시 침범해들어가는 즐거움.

283

시—종이에 붙인 불. 기대보다 짧은 시간, 암호들의 탈출.

284

반성할 수 있는 것만이 살아 있다. 시도, 혁명도……

285

내가 무언가를 열심히 관찰하려 하면 벌써 자세가 생긴다. 순수하지 않다.

286

나는 잠자는 여자라면 건드리지 않겠다. 간혹 건드리기도 한다. 깊은 밤, 손들이 제멋대로 놀기 때문이다.

287

'그대'라는 출구를 막는다. 나 자신이 사라진다. 그대는 나의 가능성이다.

288

눈 쌓인 들판을 걷듯, 너는 최초의 발자국을 남기며 걸어간다. 불 곁으로 다가드는 날벌레처럼, 너는 언제나 싸움의 곁에 있을 것이다. 투명한 눈으로 세계에게, 세계의 모습을 돌려주며.

289

정신의 싸움은 육체를 쑥밭으로 만들지만, 육체의 싸움은 정신을 투명하게 만든다.

290

얼음으로 집을 짓는 에스키모. 나는 '위험'으로 나의 집을 짓는다.

291

문학적 고통은 정당화될 수 없는 고통이다. 혹은 정당화될 수 없다는 철저한 확인 아래서만, 고통 축에 낄 수 있을 것이다.

292

본다는 것은 '몸을 깨운다'는 말이다.

293

이별, 그 필사(必死)의 접목(接木).

294

시—완성된 이별의 체험. 이별—이른 아침의 원족(遠足) 준비.

295

시—축제 준비, 혹은 축제 뒤치다꺼리.

296

고통으로부터의 해방은 고통의 응축에 의해서만 가능하다. 마치 전압이 극도로 오르면 퓨즈가 끊어지듯이.

297

단순한 사람들에 대해 느끼는 양가감정(兩價感情). 나쁜 질문을 받을 때에는 나쁜 질문을 한 사람의 비위를 맞춰주는 수밖에 없다.

298

질문을 할 때 나는 열린다. 질문받는 사람에게 나의 자유와 불안을 함께 나누어줄 것.

299

나무는 초록에서 빨강으로 건너간다. 혹은, 나무는 빨강에서 초록으로 가는 길을 가로막고 서 있다.

300

사랑이란 울고 싶을 때 미친 척하고 한번 웃어보는 것. 나머지는 배설이고 물리(物理)이다.

301

현실과 초월, 형이상과 형이하의 이분법은 종주국의 것이다. 식민지 문화, 예속국의 사고(思考)에는 그런 것이 없다. 즉 신비는 현실이고 형식은 내용이다.

302

돌의 내부는 안개. 안개의 목소리는 개의 방울 소리. 모든 것이 갇혀 있다. 갇힌 가운데 모래밭에는 땅콩이, 진흙 속에서는 고구마가 자란다. 꽃 피는 것들은 구속을 자유로 안다.

303

식물의 이식, 병균의 전염—이 모든 것들이 사회변동과 관계있다. 고추와 담배가 처음 우리나라에 들어온 것은 임진왜란 때이다. 사물과 인간의 만남. 그 만남의 현장인 세계.

304

시의 묘미는 그것이 자족적인 유기체가 될 수 있다는 데 있는 것이 아니라, 어떤 비자족적인 모험이나 '눈물짜기'도 일단 던져지면 존재가 될 수 있다는 데 있다. ……모든 것이 가능하다. 흙이 입으로 쏟아져들어온다.

305

언어는 세계의 창. 단절조차 연속의 한 부분이다.

306

사회는 육체의 표현이다. 죽음은 독재의 합리화 속에 숨쉰다.

307

시—위험한 놀이. 달착지근하고, 토할 것만 같은……

308

시인이 죄에서 벗어나지 못하는 것은 그가 진실을 드러내기 위해 유사(類似) 진실을 형상화함으로써, 진실을 은폐시키기 때문이다. 진실을 고통이라는 말로 바꾸어보아도 동일한 결과가 된다.

309

고향, 행복, 시—이런 말들의 허위성. 그러나 그것 없이는 우리가 살 수 없는 거짓말. 그러므로 거짓말의 진정성!

310

지금, 여기서만 우리는 행복할 수 있다. 지금, 여기—시간과 공간의 연속성의 부정. 행복은 부정을 '통하여' 존재하는 것이 아니고, 부정'으로서' 존재한다.

311

시를 위해서라도 시에게 어떤 특권을 주어서는 안 된다. 시는 시를 제외한 세상 모든 것들의 들리지 않는 숨소리이다. 너와 나, 우리들의 가냘픈 숨소리.

312

나는 언저리를 사랑한다. 언저리에는 피멍이 맺혀 있다.

313

내게는 중간이 없다. 조루(早漏) 아니면 지루(遲漏)이다.

314

들판 위에 불씨를 붙인다. 잘하면 산불이 되고, 산불이 되더라도 적당한 선에서 꺼진다. 혹 불이 전혀 안 붙을 수도 있다. 시가 산문을 태우고 괴롭히는 것도 마찬가지다. 시가 아무리 산문을 침범해도 언제나 산문의 품속에 있다. 그러므로 시는 얼마든지 난장판을 벌여도 괜찮으리라. 공인된 재롱, 혹은 불장난—그것이 시의 약점이고, 모든 예술의 핵심이 되게 한다.

315

사실 어떤 대상에 대한 불만은 어떤 대상에 내가 준 관념, 즉 나 자신의 일부에 대한 불만이다. 적은 언제든지 내 편이다.

316

내게 천국이 가능하다면, 내가 먹는 푸성귀나 소, 돼지에게 우선 천국이 있고 난 다음일 것이다. 삶은 근원적인 죄다. 인간이 개보다 낫다고 하는 것은, 그리하여 인간과 개 사이에 분명한 선을 긋는 것은 사랑과 성욕을 분리시키는 것과 마찬가지다. 천국은 내가 살아 있음으로 해서 불타 사그라진다.

317

나는 사람들이 왜 그런 걸 시라고 쓰는지 모르겠다. 내가 잘못되었든지, 아니면 그들이 잘못되었든지……

318

형이상학에 대한 의도적 무관심. 현실 속에 초월을 맞아들이기. 애초에 이 시도가 그릇된 것은 아닐는지?

319

마음속에 동트는 말들, 떠오르는 풀잎들. 혹은 벽돌 실어나르는 말의 벽돌색 속눈썹.

320

비에 젖은 나뭇잎들이 죽은 붕어처럼 길 위에 떠 있다. 버들붕어, 네 입속에서 아직 나오지 못한 말들을 뱉어라. 네 하늘이 더욱 어두워지도록.

321

'수입 고추'는 얼마나 검고 어둡고 추운가.

322

내가 죽음을 잊고 난 다음부터 삶은 슬프고 괴로운 것이 되었다. 죽음은 삶의 눈이다. 슬픔과 괴로움은 일종의 안질(眼疾) 같은 것이다.

323

하늘에 대해 더 많이 알고 더 자세하게 적자. 나는 내가 살아온 하늘을 있는 그대로 기록할 것이다. 나의 하늘이 너의 하늘을 짓눌렀다는 것까지.

324

이선생의 말—아무리 논픽션이라 하더라도 고생을 가장 많이 한 사람이 일등이 될 수는 없잖아요? 그러므로, 문학—근원적인 현실 배반.

325

문학—죽음과 현실, 이 짝이 안 맞는 배필(配匹)의 난장판.

326

서정시인은 비정해야 한다.

327

어찌 잊으랴, 이 아름다운 금수강산(禽獸江山)!

328

곽선생의 말—시는 경험을 그리 필요로 하지 않잖아요? 그러나 체험은 필요로 하는 것이 아니다. 그 반대로 체험이 우리를 필요로 한다. 언제나 생이 문제되기 때문에.

329

아픈 것들, 탈구된 것들, 제정신이 아닌 것들 속에는 삶이 숨쉬고 있다.

330

시는 아픈 사실들을 이야기함으로써 그 사실들이 더이상 아프지 않게 한다. 쓰여진 것들은 내던져진 것들이다. 그것들은 욕망과 욕망의 대상, 깨끗한 것과 추한 것의 구분 저 너머에 있다.

331

누군가 이것을 불행 혹은 상처라고 얘기했을 때, 이미 그것은 그것이 아니다. 상처는 얘기될 수 없는 것이고, 상처가 파악되었을 때는 망각이 전신을 휩싼다.

332

부정의 예술—천국을 얘기하기 위해서는 현실을 있는 그대로 드러낼 것. '죽음'을 추적하기 위해서는 '생'의 무의미와 부조리만을 드러낼 것. 질문만이 '열린' 해답일 수 있다.

333

네가 앉았던 자리는 너!

334

1978년 10월. 내가 생각하기로 이제 개인은 없다. 있다면 연약한 핏덩이가, 짓밟힌 땅이…… 어느 시대에나 곤봉과 수갑이 있었지만, 지금처럼 아름답게 만들어진 적은 없다.

335

누군가 빈정거린다. '동정하고 있어?' 그래, 동정한다, 어쩔래? 아직 시(詩)가 남아 있다면, 집 없이 떠도는 누이들이기에.

336

삶은 죽음의 미끼다. 속아서는 안 된다.

337

일상생활은 현실이면서 동시에 현실이 아니다. 그것은 현실의 근원을 은폐하므로 현실이 아니며, 그러나 은폐 그 자체로 현실이다. 우리가 세상에 대해 갖는 양가감정(兩價感情) 또한 이에 기인한다.

338

현실 자신이 '내가 상징이다'라고 말하기 전까지는, 아무도 현실을 신비화해서는 안 된다. 그러나 누가 현실이 말하는 것을 보았는가?

339

꿈이 더이상 현실이 되지 않을 수 없는 막다른 골목으로 너의 삶을 몰아갈 것. 그러나 끝내 꿈의 모습을 보여주지 말 것.

340

문학—현실의 음화(陰畵).

341

모든 것은 상처다. 조금만 파헤쳐도 고름이 나온다.

342

눈가리개로서의 문명—악몽은 감추어진 현실이다.

343

아름다움은 자유와 안일과 불성실과…… 그 모든 것에 대한 성심이다.

344

시는 세상과 우리 사이의 새로운 '관계 맺음'이다.

345

시론(詩論)은 시의 문이다. 우리는 문을 통과하지만, 문을 등에 업고 들어가지는 않는다.

346

형태는 정신의 흔적이다.

347

예술은 잡으면서 동시에 놓치는 기술이다. 그것은 예술가를 무덤까지 몰고 가는 양심의 가책이다.

348

삶은 죽음의 고향이다.

349

위험부담이 없는 해답은 올바른 답이 아니다.

350

시는 '시'와 산문의 싸움이며, 그 싸움의 현장이고 파장이다.

351

언어의 절대적 자유는 언어 자신의 죽음이다.

352

허무의 시는 극단적인 희망의 시이다.

353

소리는 의미의 두꺼운 얼음장을 깬다. 자유의 이행! 그러나 소리가 깨어질 수도 있다. 기교주의자들은 그것을 모른다.

354

풍자—적이 던져주는 미끼. 그것을 사랑이라고 오인하지 말 것.

355

질문—칼끝. 의미와 우연을 도려내고 영원히 푸른 깃발을 꽂는 것. 너는 더 깊이 찔리기 위해 질문을 향해 달려든다.

356

여자—목이 없고 얼굴은 동체(胴體)보다 더 엷게, 뒤에 처진다. 브래지어를 걸친 다리. 그처럼 변형하라, 해코지하라, 병들어라! 너의 재산은 명령법으로 남는다.

357

몰아경에 대한 의식은 몰아경이 아니다.

358

'근원'은 우리가 임의로 만든 것이 아니다. 우리의 운명이 우리로 하여금 만들지 않을 수 없게 한 것이다.

359

시작(詩作)—고향으로 가는 길의 첫걸음, 혹은 고향에서 떠나는 길의 첫걸음.

360

시작(詩作)—의미를 형식으로 전환시키는 일의 불가능. 모든 불가능의 온상은 죽음이다.

361

시작(詩作)—존재 이해의 몸부림으로서, 존재 그 자체이고자 하는 노력.

362

형식의 완성—신성(神性)의 부활. 형식은 의미를 동결시키면서 극대화한다. 혹은 우연을 제거하기 위한 우연의 활용.

363

언어의 파괴—존재와의 일치.

364

시는 충격이며 허망이다—지금 우리를 여기 있게 하는 시!

1979

365

시—주위의 모습들을 한 번, 돌이킬 수 없음의 지경으로 끌어올리는 것. 혹은 순간적인 포옹—그때 사물들이 가만히 내쉬는 숨소리……

366

사랑은 상처와 함께 온다. 상처, 혹은 충만한 사랑.

367

상처의 상처다움은 '돌이킬 수 없음'에 있다.

368

회복은 재발(再發)의 완곡어법이다. '왜 나를 버리시나이까'의 단애(斷崖)에서 쓰여지지 않은 것들은 무효다.

369

'문학'을 통해서만 용서할 수 있고, 용서받을 수 있다.

370

좋지 않은 시인의 사랑을 받는 여자는 얼마나 안 행복할까?

371

사랑—어떤 도립(倒立). 오목렌즈를 통해 보는 뒤집힌 세상. 사랑한다, 네 구두창 뒤축에 진득이는 햇빛까지도……

372

글쓰기—낮은 포복. '그'는 우리가 지쳐 숨 넘어갈 때야 비로소 '애들아, 일어나 밥 먹어라!' 하고 말할 것이다. 아니다, '그'는 우리가 숨 넘어가기 직전에 잠깐 보는 환영(幻影)이다.

373

카프카(Kafka) 극복의 두 가지 길—브레히트(Brecht)와 부버(Buber).

374

진실을 행하는 방법이란 있을 수 없다. 진실이 곧 방법이기 때문이다.

375

진실 혹은 사랑을 위해 그것에 접근하는 방법을 구한다면, 그것은 이미 부분적인 진실 혹은 부분적인 사랑이 되고 만다. 속죄나 시작(詩作)에 대해서도 동일하게 말할 수 있다.

376

나는 아무것도 썩게 하지 않았는데 내가 집는 것들은 모두 썩어 있다. 썩은 것들을 썩었다고 비난해서는 안 된다. 왜냐하면 썩은 것들은 적어도, 썩을 수 있는 것들이기 때문이다.

377

사랑의 방법 때문에 얼마나 많은 사람들이 희생되었는가. 방법을 가진 사랑은 사랑이 아니다. 우리는 이미 사랑 속에 포함되어 있기 때문이다.

378

어떤 누구도 범례(凡例)로 사용될 수 없다. 내가 '그'를 사용하면 또한 '그'가 나를 사용하는 것이 된다.

379

이 불안이 사라지기 전에, 서둘러 다른 불안과 손잡고……

380

지금 괴로워하는 것들은, 그러나 아직 괴로워할 수 있는 것들이다. 괴로움이 깊으면 사랑도 깊으리라.

381

더럽혀진 것에 대한 사랑은 그러나 순결할 수 있다. 사랑은 '무엇'에 대한 관계이지, '무엇'은 아니기 때문이다.

382

사랑의 시초는 무엇이든 다 해주고 싶음에도 불구하고 해줄 수 없음에서 오는 괴로움이다. 그때 사람은 영원히 산다.

383

어리석음에서 벗어날 수 있는 유일한 길은 최선을 다하여 더 어리석어지는 것이다. 그런데 그것은 불가능하다. 왜냐하면 육체의 죽음이든 마음의 죽음이든, 죽음이 먼저 찾아오기 때문이다.

384

지금까지 내가 조금이라도 '관찰'할 수 있었다면, 그것은 어리석음의 결과이다.

385

글이 쓰여지는 것은 사랑이나 증오의 한복판에서가 아니라, 그것들의 뒤집힘, 혹은 돌이킴에 의해서이다. 뒤집힌 것들은 뒤집힐 수 있는 것들이고, 그러므로 끝없이 뒤집혀야 한다.

386

사랑의 전제(前提)는 떨어져 있음이다. 시—간신히 맞붙은 상처를 다시 한번 찢어발기기.

387

사과가 썩은 것은 사과 잘못이 아니다.

388

한 사람의 상처는 모든 사람의 상처다.

389

우리들의 약혼—서로 비켜 지나가며 웃는 두 개의 돌, 공중에서……

390

잊혀야 할 것은 정당한 방법으로만 잊힐 수 있다.

391

상처는 이미 거기 있다. 우리는 뒤늦게 알아차리거나, 끝내 알아채지 못할 따름이다. 더 보태거나 뺄 것이 없는 상처—고갈되지 않는 샘, 영원한 집!

392

상처의 깊이는 사랑의 깊이다. 한 줌의 독(毒)이 세상 모든 우물을 더럽히듯이, 한 치 깊이의 사랑은 세상 온 마음을 적실 수 있다. 사랑—상처의 반전(反轉).

393

기도는 언제나 반전을 위한 기도이다.

394

상처가 처음으로 왔을 때의 그 아픔을 순간순간 되살려놓으며 견디기, 못 견디기…… 이꼴 저꼴 다 보고 늙는 것만큼 즐거운 일이 따로 있을까.

395

사람은 죽어도 삶은 죽지 않는다. 그의 치욕이 그의 죽음 이후에도 살아남듯이……

396

망설임—글 쓰는 순간을 제외한 모든 순간의, 글쓰기에 대한 망설임.

397

우리는 우리가 알 수 있는 것만을 행할 수 있다. 그러므로 삶은 앎이다. 항상 열려 있기를! 인식은 행위의 처음이요 끝이다.

398

상처받지 않는 것들은 치유될 수도 없다. '이 세상이 얼마나 신비로운가!' 하는 감탄은 '상처받지 않는 자들은 도대체 어떻게 생겨먹었을까?' 하는 탄식과 다른 것이 아니다.

399

상처받을 수 있는 것만이 상처받는다.

400

사랑은 언제나 죽음을 낳는다. 죽음이 있는 곳에 삶이 있다. 우리는 셋이서 산다—너와 나, 그리고 파산(破産) 혹은 끝장.

401

서투른 말들, 벌레 먹은 말들로써 너를 해방시킨다. 족쇄와 더불어 있는 해방.

402

상처받은 것들의 입은 아름다워라! 그 속으로 날벌레들이 기어들어간다.

403

족쇄를 해방시키지 않는 한, 사람을 해방시킬 수는 없다. 그런데 족쇄는 해방이라는 것을 모르고, 알 필요도 없다.

404

그는 의사다. 그는 아프지 않은 사람들에게 아파야 할 곳을 가르쳐준다. 그들이 아프기 시작하면 그는 약을 주지 않는다. 그의 유일한 처방은 그 아픔 아닌 다른 아픔이 그 아픔을 낫게 하리라는 것이다.

405

그는 죽음을 향해 질주하는 말[馬]이다. 그의 갈기는 사랑을 향해 나부낀다.

406

사랑은 환상의 반대편에 있다. 사랑—환상이라는 얼어붙은 호수를 가르는, 카프카의 도끼날.

407

무서운 것은 아픔을 무력하게 만드는, 아픔 바깥의 습관이 아니라, 아픔 속에서 잠자는 아픔 자신의 습관이다. 적은 자기 자신이다.

408

사랑은 환상을 깬다는 점에서 하나의 인식이다. 사랑의 인식은 세상을 환상과 맞바꾼다.

409

'사이'라는 것. 나를 버리고 '사이'가 되는 것. 너 또한 '사이'가 된다면 나를 만나리라.

410

상처는 죽음의 삶이고, 망각은 삶의 죽음이다.

411

가장 안전한 집은 무덤이다. 그곳에서 사람은 해바라기처럼 웃으리라.

412

그는 평생 동안 괭이로 땅을 판다. 그가 죽으면 사람들이 그곳에 그를 묻으리라.

413

그는 병(病)이다. 그는 말한다—아프다는 것은 건강함의 징조이다.

414

괴로움의 끝에 늙음이 온다. 네가 청춘이라 부르던 것은 늙음의 껍질이었다.

415

산다는 것은 이곳에 죽음의 질서를 세우는 것이다. 희망—혹은 마른 번개.

416

기적(奇蹟)은 나무에서 떨어지다 공중에 멎어 있는 사진 속의 친구처럼 유예되어 있다. 기적은 '예감할 수 없음' 속에서만 존재한다.

417

모든 위대한 것들은 위독하다.

418

나는 상처 속에서 아이들을 낳는다. 상처는 남자들의 자궁이다.

419

상처를 건드릴 때, 왼쪽에서 오른쪽으로 스치면 아무렇지도 않지만, 오른쪽에서 왼쪽으로 스치면 무두질하는 아픔. 그때의 환영(幻影)—유리창을 유리창인지 모르고 전속력으로 날아와 부딪치는 새.

420

불안을 내 몸 바깥에서 떠돌게 해서는 안 된다. 나는 불안의 집이요 옷이다.

421

'꽉 막혔다'는 말은 불안이 찾아들 틈새가 없다는 말이다. 불안은 피안의 꽃이요 밥이다.

422

정신의 영역에서는 '앞으로 나아감'이 있을 수 없다. 탐구는 도로에 그친다. 예지라는 것은 더 나아갈 수도, 물러설 수도 없음에서 오는 탄식이다.

423

'죽음에 대한 연구'는 죽음에 속하는 것이 아니라 삶에 속한다.

424

사랑은 자기 자신만으로 세상을 감쌀 수 없기 때문에 아파하고, 아픔은 자기 자신만으로 세상을 견딜 수 없기 때문에 사랑을 부른다—이것은 아픔으로 가는 길인가, 사랑으로 가는 길인가?

425

고통의 긍정적인 측면—고통은 살아 있음의 징조이며, 타락과 질병과 무지에 대한 경보이며, 살고 싶음과 살아야겠음의 선언이다.

426

네 손에 들어온 행복은 불행이다.

427

이곳에 변혁이 오는 순간부터 다른 곳에서 무언가 곪기 시작한다. 이제부터는 보이지 않는 상처와 싸워야 한다.

428

나의 위치는 지금까지 알려진 상처들로부터 표정된다.

429

나의 적인 공허감은 또 얼마나 다정하고 부드러운가.

430

용서는 저버림, 혹은 내팽개침의 미화적 표현일 뿐이다.

431

나는 쇄빙선(碎氷船)이다. 내가 조금 더 늦게 오면 그대의 바다는 얼어붙으리라.

432

혼신(渾身)—그것은 벌써 정신이다. 정신이 아니라, 이미 육신이다.

433

그대, 불안의 방—이제는 책들과 쌀자루와 옷가지로 가득 차 불안이 들어와 누울 틈이 없는 그대, 그러나 한때는 불안의 방이었던 그대!

434

암담함에 관하여. 푸른 담배연기의 푸른 암담함에 관하여—우리가 한때 여기 있었음에 관하여. 그러나 언제 우리가 여기 있었던가?

435

결혼하게 되면, 하나 남은 길마저 끊어져버린다.

436

시는 순간적인 몸짓이다, 그러나 결정적인……

437

절망함으로써 존재하는 비결. 한쪽 발을 땅에 내림으로써, 비로소 다른 쪽 발이 공중에 선다. 엘리, 엘리, 라마 사박다니?

438

형식은 생에 대한 배반이다. 모든 이해나 설명이 사실의 왜곡이듯이. 왜곡이 있음에 진실은 항상 '저편에' 있도다. 모든 것은 왜곡으로부터 시작되었다. 그러므로 형식이 또다른 삶이 되는 순간까지……

439

시는 나의 운명이다. 시가 지속하는 짧은 순간만큼 밝혀지는 운명—나는 긍정할 수도, 부정할 수도 없다. 다만 마주 설 뿐이다(막막함. 고요한 통곡. 연이은 기절. 까마득한 나뭇가지. 생매장. 남의 바다를 떠도는 몇 점의 불빛. 캄캄함. 캄캄함. 캄캄……).

440

그는 위대하다, 상처받지 않을 만큼 위독하다.

441

삶—감시(監視) 외의 그 무엇도 아닌(적을 경계하다보면 종이 울린다. 일렬로 퇴장!).

442

절망하지 않음은 절망되지 않은 것에 대한 무관심이므로 진실한 삶이 아니며, 절망함은 절망된 것으로부터 떠나 있으므로 진실한 삶이 아니다. 오, 몸 둘 바 없음!

443

행복, 그것은 진실 '옆에' 있음을 말한다. 진실 속에 있거나, 진실 너머에 있으면 행복은 존재하지 않는다.

444

진실에서 멀리 떠남조차 가까이 있는 것이다. 오히려 멀리 있음이 가까이 있음이다. 우리의 행복은 진실과 하나 될 수 없음에서 오는 불안이다.

445

너는 11월의 이곳의 삶에 대해서 노래하지 않았다.

I sentence you now to death by drowning!(Kafka)

446

네가 진실한 방법으로, 또한 그 방법을 진실하게만 사용한다면, 가장 깊은 불안의, 상처의, 절망의 밑바닥으로 내려가더라도 불씨는 꺼지지 않을 것이다. 불씨가 바로 너 자신이기 때문이다. 그러나 너는 어떤 방법이 진실한지, 또 그 방법을 어떻게 사용할지 모른다(도리어 너는 말한다, 방법은 이미 진실에 대한 배반이라고).

447

글을 쓴다는 것은 '이곳'에서 글을 쓴다는 것을 말하며, 그것은 '이곳'에 자기를 위치시킴을 뜻한다. 자기 정립으로서의 글쓰기. 나는 좋은 글 쓰는 사람이 되고 싶다. 즉, 나는 이곳에 확실히 발 딛고 싶다.

448

죽을 수 있는 것만이 살아 있을 수 있다. 죽음은 삶의 조건이며, 테두리이다. 죽음은 삶의 입이다. 삶은 죽음의 입을 통해 말한다.

449

인식은 상처를 통해서만 가능하다. 끝없이 뻗어나간 얼음판 위에 작은 구멍을 뚫고, 그 구멍을 넓혀가기(작은 구멍은 탄생이다—태어남은 근원적인 상처다).

450

사람들은 저마다 캄캄한 어둠 속의 작은 불빛이다. 자기를 연소시킴으로써만 자기의 둘레를 밝혀 봄(어쩌면 벌써 날이 새었는데도, 우리는 불을 켜들고 더듬거리고 있는지 모른다).

451

그대여! 하고 내가 부르자, 그대는 벌써 썩어 있었다.

452

내가 병에 걸려 아픈 것은 병의 잘못이 아니다.

453

길은 끊긴 것이 아니다. 다만 엉켜 있고, 돌이킬 수 없을 만큼 엉켜 있을 뿐이다. 힘주어 당기면 길은 참 쉽게, 툭 끊어진다—그것은 바로 너의 잘못이다.

454

죽어서도 내 눈에 네가 입 맞추면 나는 눈뜨리라. 내 눈의 속눈썹이 갈댓잎처럼 푸르리라!

455

밤의 태양인 무덤들. 능욕당한 것들의 춤. 이곳에서는 개가 하는 짓을 사람이 한다.

456

사랑을 무슨 음식 찌꺼기라 생각하는 버러지들. 사과는 썩었고 사과 잘못이 아니었다.

457

문학—돌이킬 수 없는 것들을 위하여!

458

증오로부터의 해방은 증오의 끝에서 오리라.

459

사랑이 증오와 함께 있어야 한다면, 사랑은 증오의 끝머리에 달려 있어야 할 것이다.

460

절망함으로써 초월한다. 또는 절망, 그것은 이미 초월이다. 절망하는 순간만 초월할 수 있다.

461

사랑하는 것이 죄로 둔갑한다면, 그때 우리는 무엇을 사랑할 수 있을 것인가.

462

내가 아무리 진실 가까이 가더라도 나는 곪은 진실, 혹은 곪은 나 자신밖에 찾을 수 없다. 내가 진실! 하고 부를 때, 진실은 이미 썩어버린다. 죽어서도 나는 건강한 삶을 살 수 없으리라.

463

이곳에 어찌할 도리 없이 악이 있는 한, 선은 어딘가에 있을 것이다. 선을 향한 두 개의 등대—카프카와 보들레르.

464

진실의 생명은 확인하고 넘어뜨리고 부수고 깨뜨려도, 또는 그럴수록 더 확실해지는 데 있다. 나는 매일 진실을 꼭 껴안고 잤으면 좋겠다.

465

목적으로서의 문학이 아닌, 다만 길과 탐색으로서의 문학—그것은 도대체 목적이라는 것을 믿을 수 없는 시대의 문학이다. 어떻든 살아가야 한다.

466

부끄러움이 없을 때, 비로소 부러움이 없다.

467

자기를 믿을 수 없을 때, 남을 불신한다.

468

'문학은 무엇을 할 것인가'라는 물음만으로서의 문학. '사랑은 무엇을 할 것인가'라는 물음만으로서의 사랑—꿈과 현실의 누비질.

469

너는 육체 없이도 살 수 있다고 말했다. 그때 정신은 너의 육체다. 육체이면서 동시에 정신인 혼신(渾身). 이분화된 것들의 재결합. 재결합의 시간과 장소로서의 문학—죽음만큼 깊은 사랑에 닿으려는 문학.

470

혼신(渾身)은 죽음을 넘어선다. 왜냐하면 죽음을 인식하는 정신이 육체와 결합했기 때문이다.

471

과거를 믿는다는 것이 가능할까? 아니다, 믿음은 언제나 미래를 향한 것이다. 그렇다면? 과거는 끊임없이 확인되어야 할 것이다.

472

'믿음'에는 어디까지 믿어야 한다는 말이 통하지 않는다. 믿음의 가장 확실한 실천으로서의 자기 반성 혹은 자기 가해—문학.

473

괴로움은 '거기' 있다. 나는 무심코 지나치거나, 스쳐 아플 뿐이다.

474

손과 발은 평행봉 위에 묶여 있고 소리 지르고 침 뱉고 울부짖고 버둥거리고 가끔 질금질금 오줌 싸고 생땀 흘리고 눈동자가 뒤틀리고 헛소리를 해도, 끈은 풀리지 않는다. 끈이 끊어지면 너의 목숨도 끊어진다.

475

끈은 우리를 묶고 우리의 목을 매다는 데 철저히 협조한다.

476

행복, 그것은 우리와 무관하다. 그렇지 않다면 이미 더럽혀졌으리라.

477

괴로움 속에서도 늘 비정할 것. 항시 너 자신의 바깥에 나서기. 그렇지 않으면 '허위'께서 다가오신다!

478

고독은 가장 비겁하지만, 가장 확실한 자기 방어의 방법이다.

479

격리는 충격을 전제로 한다. 사랑한다는 것은 최초에 상처가 가져다준 충격을 되살리는 것이다.

480

극도로 나는 망가졌다. 죽음의 물을 마시지 않고서는 소생할 수 없다.

481

감미로움, 혹은 어린 시절. 사람 관계의 아늑함이 파괴된 후 나의 밥은 '괴로움'이었다.

482

상처의 상처다움은 우리가 아무리 해도 어떻게 손써볼 수 없다는 점에 있다. 바늘구멍만한 틈이라도 있었으면!

483

산다는 것은 점차적으로, 부단히 자기가 발 디딘 곳을 파괴해나가는 것이다.

484

절망이 희망(이미지)으로 바뀔 수 있는 것은 아직 우리가 절망된 것에서 떨어져 있을 수 있기 때문이다.

485

생매장당하는 사람의 절망은 희망이 아니지만, 생매장당하는 사람의 절망을 보는 사람의 절망은 희망일 수 있다. 희망—교묘한 미끼.

486

이 삶에서 나의 근본적인 질문은 도대체 '어떻게 소생할 수 있을까'라는 것이다. 그렇다면 나는 언제 죽었던가?

487

소생한다는 것은 결국 나를 죽음에 이르게 한 것들에게로 되돌아오는 것인데, 그것은 의식 전체, 삶을 바라보는 위치와 태도 등등을 바꾸지 않고서는 불가능하다. 그러므로 엄밀한 의미에서 소생이란 불가능하다. 나사로야, 일어나라! 나사로야, 나사로야……

488

상처가 글을 못 쓰게 하는 것은 자기 반성의 여유를 주지 않기 때문이다. 사랑이나 증오에 대해서도 같은 이야기를 할 수 있다. 냉정할 것!

489

행복은 이미지이고, 그것은 시선(視線) 때문에 태어난다. 시선은 언제나 거리를 필요로 한다. 예술이 삶에 대한 배반이고, 형식이 내용에 대한 왜곡일 수밖에 없는 것은 바로 이 거리 때문이다.

490

나의 숙제는 '파멸'이다. 나는 더욱 삭막한 곳으로 내 삶을 몰아가는 운전사다.

491

상처는 지속하지만, 기교는 소멸한다.

492

지층 속에 흐르는 화석 같은 한 여자. 자고 나면 괴로움은 길에도, 지붕에도 서리처럼 하얗게 깔려 있었다.

493

나의 '찬기파랑가'―「나사로를 위하여」.

494

욕망이 식으면 지혜가 올 것이다.

495

나는 너에게 관계된 사람들 가운데 하나가 아니다. 나는 너다.

496

정신의 치명적인 위험은 내가 어떤 생각을 하고 있다는 데 있지 않고, 내가 그 생각을 '바꿀 수 없는' 어떤 것으로 여기고 있다는 데 있다.

497

선(善) 앞에서는 아무리 내가 굽혀도, 마침내 선이 나를 일으켜 세울 것이다.

498

죄의 극단으로서의 꿈—꿈은 욕망의 절정이고, 욕망은 존재에 대한 죄이다.

499

시는 심연에 대한 두려움이고, 심연의 깊이에 대한 불안이고, 심연으로의 추락에 대한 망설임이고, 추락한 후 다시 솟아오를 수 있을까 하는 의구심이다.

500

시—심연으로 급히 떨어지며 물위를 스치고 날아오르는 새의 날개에 묻은 물기.

501

나의 손이 너의 손을 잡는다. 조금 있다 떼어보면 고름이 흐른다. 이 고름은 누구의 것인가?

502

마음을 기대놓으면 곧이어 썩는 냄새가 풍긴다.

503

결혼, 가족, 문명은 상처와 죽음을 괄호로 묶는 것이다.

504

시는 정신의 목욕, 그 이상도 이하도 아니다. 살아 있는 한 삶의 때는 계속 씻겨야 하듯이, 시는 계속 쓰여질 것이다—때를 씻지 않기로 작정했다면 몰라도. 죽어서야 우리는 때 씻는 일에서 면제될 것이다.

505

조금만 건드려보아도 모든 것은 고자배기(썩은 나무)처럼 힘없이 쓰러진다. 시인은 오염된 삶의 강에서 둥둥 떠오르는 죽은 물고기를 건져올리며 망연자실한다.

506

절망—행복과 시의 모두(冒頭). 사랑한다는 것은 자신의 칼끝에 베여 그 상처가 열려 있음, 입 벌리고 있음을 뜻한다.

507

절망은 '바닥없음'으로서만 절망일 수 있다.

508

시—마음의 이사(移徙). 세숫대야이며 밥그릇인 우리들의 절망과 함께.

509

나의 첫 시집은 『정든 유곽에서 1』

두번째 시집은 『정든 유곽에서 2』

....

마지막 시집은 『정든 유곽에서 n』

이렇게 하면 나는 출발점에서 한 발짝도 전진하지 못한 것이 되며, 그것은 바로 내가 바라는 완벽한 승리이다.

510

베케트(Beckett). '뽀조'에 대한 저주가 '럭키'에 대한 연민으로 바뀔 때만 '뽀조'—'럭키'라는 저주받은 관계의 무력화(無力化)가 가능하다.

511

증오는 자기 자신을 파멸시킨다. 그렇기 때문이 아니라, 그것이 무서워서가 아니라—사랑을 위하여!

512

근 오 개월 만의 평화. 아늑하다. 종이 위를 스치는 연필 소리처럼……

513

이곳에서는 살 만하다. 나도 가지와 잎새를 한껏 하늘로 뻗치고, 오염된 안개를 빨아들이고 싶다.

514

이 병은 내가 죽어야, 내게서 떠나가리라. 이 병과 더불어 나를 지켜주는 문학. 문학이 끝나면 병도, 나도 끝난다.

515

엘리, 엘리, 내 기저귀, 지금 나는 몇 살인가.

516

다시 베케트(Beckett).—그럼 가볼까?

—가보지.

(그들은 움직이지 않는다.)

517

세상에는 아프거나 슬프면 밥이라도 악착같이 먹어야겠다는 사람들이 있다. 나도 그렇게 생각한다. 그러나 무언가를 꼭 해야 한다고 생각하면 못하게 된다.

518

천국은 비닐봉지처럼 바람에 날리고, 나는 자전거를 몰듯이 내 꿈을 몰아갔다.

519

소켓에 이는 불꽃 같은 예기치 않은 기쁨! 끝장이 날 때까지 나는 다 바라보리라.

520

모든 것이 더럽혀졌을 때 하나 남은 것이라도 가꾸어야 한다고 마음을 굳게 먹지만, 그 하나 남은 것을 가꾸는 일 또한 더럽혀진 다른 것들에 대한 무관심의 결과일 수 있다.

521

기쁨의 날개를 후려치는 치욕의 날개. 잠깰 때마다 너는 여지없이 뿌리 뽑혀 있었다. 너, 감자 뿌리—거기 주먹만한 감자알 옆에 또 새알이나 사마귀만한 치욕이 곤하게 매달려 있었다.

522

목욕하지 마라, 곧 더러워질 것이다. 건강하지 마라, 너는 병들어 있다. 다만 부끄러워하라, 왜 네가 버림받았는지 모르는 것을!

523

밝음을 향하여, 엉클 톰의 오두막집의 따뜻한 국그릇을 향하여—그러나 기억 속에 깔린 서리는 지울 수가 없어라!

524

가엾어라. 그의 뺨과 마음이 모두 뜯긴 자는. 즐거움이 눈처럼 내리리라. 하지만 그는 알지 못하리!

525

저주받은 땅에서 키울 수 있는 꽃은 '시'밖에 없다.

526

치욕의 집에서—이것은 사람이 아니다. 날카로운 꼬챙이거나, 꼬챙이에 찔린 무다. 나는 개다. 찔린 무를 입에 물고 하늘을 바라본다.

527

위안은 어딘가에, 어떻게 있을까, 있을까? 있다면 언제 올까?

528

내가 또한 너를 닮은 사람이니, 내 하늘이 네 하늘을 닮도다!

529

문학은 살길이요, 또한 죽을 길이다. 얻으려 하면 잃을 것이요, 잃으려 하면 또 잃을 것이다.

530

삶에서 멀리 떠나는 것조차 가까이 있는 것이다. 작고 철없는 것들의 체온을 잊어서는 안 된다.

531

보금자리는 그대 눈 속에 있다.

532

밤에 일하기. 능률도 오르고 정신의 긴장에도 좋다. 몸에 초칠하기!

533

그는 시인이다. 이 진창에 무늬를 새기고 또 발로 지운다. 제 몸에 흙탕물을 끼얹는 티베트 사람처럼, 그의 몸은 온통 진흙투성이다.

534

매일 아침 K에게 기도할 것. 매일 저녁 무엇인가 쓰고 잘 것. 기억할 것—죽음과 상처는 날이 갈수록 살찐다는 것을.

535

가로등. 송전탑. 철교. 하늘 한쪽에 모자이크된 판잣집들. 푸름, 푸름……이맘때 내 기억 속에 익어가는 옥수수.

536

엎치락뒤치락—내가 밤늦게 이불 속에서 뒹구는 자세는 바로 내 정신이 시와 껴안고 엎어져 서로 목 조르는 모습이다.

537

내 앞날에 초칠하기. '파멸'은 나의 열렬한 희망이다.

538

문학—그 따뜻한 돼지우리에서, 분비물 속에서 다정히 웃고 뒹굴며, 별을 기억하듯이, 손톱 밑으로 파고드는 송곳을 기억하며……

539

내가 문학으로써 할 수 있는 일은 '절망'뿐이다.

540

나는 이 세상에 생존하기 위해서가 아니라, 도태되기 위해 태어났다.

541

산꼭대기는 안개에 묻혀 보이지 않았다. 눈은 허벅지까지 쌓이고, 멀리 들고양이들이 울었다. 우리는 뱃바닥으로 기어갔다.

542

나는 밥을 수식하는 시가 아닌, 목구멍과 식도와 내장을 해부하는, 그리하여 끝끝내 입을 봉할 수 있는 시를 쓸 것이다.

543

다시 태어나는 것은 과연 창피한 일이다.

544

한 절망에 대한 위안은 다른 절망에서 온다. 그리고 그 절망은 언제나 죽음 앞에 있다.

545

우리는 떠나가는 배이며, 또한 피안의 불빛이다.

546

눈 덮인 길을 보는 것은 즐겁다. 전부가 길이기에 다른 어디로도 갈 수 없고, 갈 까닭도 없다.

547

시—호흡할 수 있는 유일한 숨구멍. 채광창. 환기창. 나는 물고기처럼 떠올라 부레에 가득 공기를 채우고 다시 현실 속으로 잠수한다.

548

시를 제외한 나머지 일들은 유독하다. 썩은 공기를 내뿜는다.

549

시는 '떠 있음'이 운명이다. 시는 더욱 낮게, 낮게 내려와야 한다.

550

네가 너를 불행하다고 여기는 것은 아직 더 잃을 것이 있기 때문이다. 초토(焦土)라고 너는 말하지만, 속으로는 희망에 매달린다. 그런데 아직 덜 잃은 것, 그것은 세상의 것이며, 세상 고유의 것이다. 너는 얼마나 더 잃어야 더 잃지 않겠는가.

551

우리는 태어날 때부터 추락하고 있었다—발 디딜 곳을 찾는 행위만이 발 디딜 곳이다.

552

나는 긁히는 발톱이다. 할퀴면서 할퀴어진다.

553

나의 생각을 바꾸거나 나 자신을 바꾸지 않는 한, 나는 살 수 없다. 그러나 그 어느 것도 불가능하다면? 너무 늦었다!

554

자기 폐쇄는 자기 보호의 가장 뛰어난, 그러나 가장 비겁한 방법이다. 내가 바라는 것은 한 발짝도 '정든 유곽'에서 떠나지 않는 것. 그리고 차츰차츰 혹은 힘을 다하여 삶의 가능성을 좁혀가는 것.

555

속지 않겠다는 집념의 한량없는 어리석음!

556

자기 폐쇄는 자기 개방의 극단적 표현인가?—가없는 어리석음. 길이 이해받을 수 없음. 이제 나는 살〔肉〕 없는 인간이 되었다.

557

나는 타락이다. 생의 부분적인 것들에 대한 타락이 아니라(그렇다면 내가 남달리 타락한 것도 아닐 것이다), 생 그 자체에 대한 타락. 두 가지 죄—나의 어리석음과, 어리석음에서 벗어날 가능성의 포기. 그리하여 나는 생을 왜곡했다. 나의 긍지는 '도대체 왜곡되지 않은 삶이란 존재하는가'라는 나의 항변에 있다. 나는 타락이다.

558

나는 병이다. 병이 병을 고칠 수 있으랴……

559

정든 유곽 어느 담벽, 어느 돌쩌귀 밑에 자라는 풀잎 하나에도 정 떨어지도다!

560

열흘간. 비문학적인, 그러므로 반생명적인…… 살기 위해서는 쓰지 않으면 안 된다.

561

나의 건강은 정상적인 사람들에 비해서 병이다. 그러나 그들의 건강이 병이라면 나의 병은 오히려 건강의 징조이리라. 과연 나는 병들었는가, 아니면 유달리 건강한가?

562

나의 한계는 나의 생명이다. 그러므로 나는 실패했고, 실패하지 않을 수 없었다.

563

제의(祭儀)에 사용되는 빵과 포도주가 상징이듯이, 우리가 이 세상에서 하는 모든 행위는 상징이다. 상징이 사라지면 인간이 사라진다.

564

어쨌든 이 세상과 나의 틀림없는 이질성에 관하여 시는 증명해줄 것인가. 아, 증명해줄 것인가. 증명한들 또 무슨 의미가 있겠는가.

565

빵이 필요할 때, 누가 빵에 대한 글을 씀으로써 빵에 대한 욕구를 충족시킬 수 있을까. 그런 점에서 문학은 허위이다. 문학은 그것이 '무엇을 할 수 있을까'라는 질문의 포기로서만 문학일 수 있다.

566

문학—'왜 사는가?'라는 질문의 허구(지금 살아 있다는 점에서)와, 그럼에도 불구하고 살아야 한다는 윤리(혹은 맹목성) 사이의 이전투구. 나는 실패했고, 실패하지 않을 수 없었다. 실패에 대한 나의 끝없는 사랑……

567

정신의 기쁨은 육체의 피로를 가져온다.

568

나의 행복은 행복하지 않은 것들에 대한 전적인 망각이다.

569

제의(祭儀)의 파괴에 항거한다는 점에서 시는 보수적이며, 그러므로 또한 인간적이다. 그러나 이러한 보수성은 명목과 실질이 합치하지 않는 상황에서, 쉽사리 악마주의로 기울어질 것이다. 그리하여 보수와 혁명은 교감한다.

570

시는 아무것도 바꾸지 못하며, 다만 인식하고 발견할 뿐이다. 비겁한 자의 용기, 타락한 자의 순수, 불행한 자의 행복—죽음으로서의 삶.

571

시는 벌써 따옴표 속에 들어 있다. 그리고 너도……

572

이 나라는 언제나 딴 나라이다. 세상 모독과 자기 파멸 사이에 어떤 길이 남아 있을까.

573

나는 언어를 타락시키며 동시에 구제한다. 한 줄의 시, 그것은 누워서 뱉는 침이다.

574

처음에는 헤어지는 사람의 정다움, 에도 지치면 헤어지는 일의 정다움. 죽음의 따뜻함, 잠깐 따뜻함의 오랜 기억. 한 줄의 시, 그것은 너의 목에 겨누어진 칼이다.

575

마음아, 이젠 좀 지치려무나. 칭얼대지 마라. 네 수레바퀴는 빠져버렸단다.

576

이 한없는 추락 속에서도 자기가 추락하고 있다는 느낌의 짧음. 이것은 참으로 기쁜 것인가, 어이없는 것인가.

577

시는 아무것도 아니다. 너도 그렇다. 그로부터 너와 시의 사랑이 시작된다. 시는 떠 있다. 시는 덧없다. 너도 그렇다. '그렇다'라는 말과 함께, 너의 어리석음은 또 한번 축축해진다.

578

나는 내 불행의 최고봉을 오르리라. 그때 내 행복이 안데스산맥처럼 펼쳐지리라.

579

끈이 스스로 끊어지기 전에는 네 편에서 먼저 끊지 말 것. 죽고 싶을 때까지, 지연(遲延)을 사랑할 것.

580

나는 여러 여자들을 만났다. 만나는 여자들마다 미리 애인이 있었다. 그때마다 나는 새끼 밴 짐승을, 모르고, 죽이는 것 같은 기분이 들었다. 날 좋으면 저 세상 어느 슈퍼마켓 같은 데서 만날지도 모를 여자들, 길이 행복하시라……

581

나는 추억의 집이다. 나는 공터다. 아무것도 할 수 없다.

582

부정(否定)을 지키는 힘이 나를 지킨다. 나는 깨끗하다, 죄를 밟고서……

583

집은 유곽이다. 나의 기쁨은 벌레 먹고, 나의 애인은 남의 아이를 배었다. 사랑의 땅을, 다만 두 발 디딜 만큼의 땅을!

584

내가 기댈 수 있는 곳마다 가시철망이 둘러쳐져 있다.

585

집은 보호해주기 위해서가 아니라, 고문하기 위해 있는 것이다.

586

두고 보라, 언젠가 나는 이 삶에 복수할 것이다.

587

언어—세계의 창.

588

우리의 비극은 우리가 세계에 준 관념을 세계라고 생각하는 데 있다. 그러므로 이해는 오해의 일종이다.

589

주여, 저희가 늘 불안하게 해주소서. 주여, 죽을 때까지 저희가 철들지 말게 하시고, 죽은 후에도 눈뜨지 말게 하소서. 주여, 다만 저희가 가는 길이 저희 집이 되게 하소서.

590

인식의 본질은 덧칠, 혹은 개칠이다.

591

어느 날 나는 사랑과 고통이 결혼하는 나라에 갈 수 있을까. 나의 밥은 진딧물의 집이요, 나의 침은 몸 곳곳에 흐르는 녹물. 나의 신부는 동네 변두리 극장에서 하루종일 죽치고. 나의 아들은 약 먹은 들쥐. 어느 날 나는 기억의 대들보 밑에 스물거리는 구더기들을 잡아낼 수 있을까.

592

시가 지속하는 짧음은 불안이 지속하는 짧음이다. 한 점 미미한 불빛, 그리고 칠흑 같은 어둠이 온다.

593

네가 자연을 부정하고 자연과의 관계를 끊으려 해도, 자연은 더 넓고 따뜻한 품으로 너를 감쌀 것이다.

594

이 세상에서 잃어 없어지는 것은 아무것도 없다. 꿈속의 짧은 웃음이나 괴로움조차도……

595

그의 전 재산은 불안이다. 불안 속에서 그의 가벼움은 세상의 가벼움이다. 그 가벼움을 호흡하고, 그를 가로막던 벽은 무성한 나뭇잎이 된다. 오, 벽의 짙은 향기여, 두터운 싱싱함이여……

596

그는 그를 잡으러 온 자와 함께 밥 먹고, 함께 삼사고, 정답게 이야기한다. 그가 불안에도 지쳐 마침내 평화로울 때, 그를 잡으러 온 자도 담배를 꺼내 푸른 연기를 내뿜는다. 참으로 평화롭다.

597

나의 주님, 내가 불안에 지쳐 피로할 때, 피로 속에서도 내가 불안하기를, 나와 더불어 당신도 불안하시기를……

598

잃어버린 것들이 무심코 돌아올 때, 공간이 갑자기 확장된다. 나는 아무것도 건드리지 않았는데, 공간이 퍼져나간다. 틀어지는 치맛단처럼……

599

나무는 순수한 사건이다.

600

망각—더 깊은 상처.

601

시대고(時代苦), 그것은 분명 괴로움이다. 그러나 시대 자신의 괴로움에 비하자면 새발의 피다.

602

'그는 한 시대를 아파한다' '그는 아픔의 집이다'라는 말은 그가 아직 '개인'으로 남아 있음을 전제로 한다. 그러나 이미 개인이 있을 수 없는 곳에서라면?

603

삶은 망각이며, 더럽힘이다.

604

병든 것들은 어떤 형태로든 병들지 않은 삶을 보여준다.

605

이 모든 것이 가능하고 동시에 불가능하다. 가능성조차 불가능성의 한 인자(因子)이다.

606

삶을 정화시키기 위해서는 섹스를 끊어야 한다. 그러나 섹스가 끊기면 삶은 뿌리를 잃는다.

607

모든 것은 뒤집어놓을 수 있다. 시는 뒤집힌 곳에서 출발한다.

608

시—상처받은 것들에게 올리는 끊임없는 제사(祭祀).

609

너는 삶의 벼랑에 핀 꽃이다. 너를 꺾어라!

610

생은 암의 일종이다. 시는 부스럼에 지나지 않는다. 가벼운 가려움에서 오는 이 희열(喜悅)!

611

문제는 시를 쓰지 않거나 못 쓰는 데 있지 않고, 시 비슷한 것을 만들어 놓고 시라고 여기는 데 있다.

612

너의 불행은 네가 완전히 절망할 수 없다는 사실에서 온다.

613

기쁨 또한 상처의 일종이다.

614

이야기된 불행은 불행이 아니다. 그러므로 행복이 설 자리가 생긴다.

615

나는 싸움꾼이 아니라, 싸움판이다. 일찍이 나는 '나'를 가져본 적이 없다.

616

언제나 이 불확실한 관계에서 벗어나야 함을 분명히 알며, 수시로 떠날 준비를 하며, 떠나기 전에 너에게 필요한 것들을 수시로 챙겨주며, 마침내 떠나기를!—너에게서가 아니라, 너를 포함한 유사이래(有史以來)의 희망으로부터 떠나가기를!

617

그러나 끈이 스스로를 끊을 때까지 떠나지 않으며, 떠날 준비만 하며……

618

구원이 온다면 망각과 함께 오리라.

619

생이 보여주는 공포의 한 가지—노인의 잇몸에 새로 돋아나는 이빨.

620

잔치는 망각이 오고 상처가 합리화될 때까지만 지속된다.

621

많은 사람들이 더 살 수 없는 곳에서 용케 살아가는 것은 자신의 불만족에 대해서조차 만족하기 때문이다.

622

모든 것은 현실 안에 있다. 현실을 떠나 보물찾기하는 일의 어리석음!

623

속죄로서의 글쓰기. 그는 속죄하고 싶다는 생각과, 속죄해야 된다는 생각과, 그러나 어떻게 속죄할지 모르겠다는 생각을 함께 가지고 있다. 속죄하는 사람이 속죄의 방법을 선택하겠다는 어리석음!

624

그는 그가 살고 있는 시대와 사회에 모욕받았다고 생각한다. 모욕받은 그가 모욕하는 사회와 시대에 대해 기록할 수 있을까. 하물며 기록자로서 그의 존재가 부인당했을 때……

625

그는 그의 친구와 그의 적이 전부터 잘 알고 있으며, 만날 때마다 그에 관한 이야기를 주고받는다는 것을 알았다. 그 이야기가 좋은 것이든, 나쁜 것이든 문제되지 않는다. 문제되는 것은 그 '이야기'—실체로서의 이야기.

626

사람들은 구둣발로 은행나무를 차서 은행알을 딴다. 장대를 가지고 조심조심 은행알을 따는 것과, 구둣발로 걷어차 따는 것의 차이는 무엇일까. 그에게 구원이 온다면, 그날은 은행나무가 그를 걷어찰 것이다.

627

그의 운명은 시라는 장르의 운명이다.

628

아픈 사람을 보고 아파하는 사람은 아픈 사람만큼 혹은 그 이상으로 아플 수 있다.

629

아픔에는 '조급한' '신중한' 등의 형용사가 붙지 않는다. 바닥없는 구멍으로서의 아픔!

630

언젠가 진실은 올 것이다. 그때 또다른 허위가 달라붙는다 할지라도……

631

우리를 행복하게 하는 한 가지 위안—기쁨이 덧없다면 슬픔도 그러할 것이다.

632

자살이 타살보다 행복하게 보이는 것은 의식이 여전히 자기이기를 고집하기 때문이다.

633

거리감—시선이 만드는 행복. 아무리 가까이 있어도 멀고, 아무리 멀리 있어도 가깝다.

634

'손 같은 고사리' '풍경 같은 그림' '시간 같은 쏜살'…… 한 번의 뒤집음은 혼란을 가져온다. 억압적 관계맺음 뒤의 무정부 상태. 시는 뒤집힌 곳에서 출발한다.

635

반성하지 않는 사랑은 폭력이다.

636

절망도(道) 절망군(郡) 절망읍(邑) 절망리(里) 희망에게
절망도(道) 절망군(郡) 절망읍(邑) 절망리(里) 희망에게
절망도(道) 절망군(郡) 절망읍(邑) 절망리(里) 희망에게
……………………………………………………………

—쓰여지지 않은 편지, 결코 쓰여지지 않을 편지, 죽는 그날까지……

637

몇몇의 상처—확실한 이정표. 혹은 시—상처받은 것들의 잦아들지 않는 흐느낌.

638

극단의 괴로움, 극단의 슬픔, 극단의 사랑에 의해 너는 정화될 것이다. 결정적으로는 죽음에 의해. 정화는 언제나 공포를 동반한다.

639

무서운 것은 사랑이 아무것도 이룰 수 없다는 데 있지 않고, 애초에 사랑이 불가능하다는 사실. 네가 내 손을 잡아줄 수 없듯이, 내가 네 손을 잡아줄 수 없음. 사랑한다는 것은 자신의 이미지를 부둥켜안는 것이다.

640

사회, 풍습, 문명은 죽음에 닿은 삶의 모습이다. 유리창에 잠시 어렸다가 사라져버리는 입김. 혹은 사할린 교포의 장례식 광경—고립은 보존이다.

641

인식이란 인식의 대상을 죽음 속으로 불러들이는 것이다. 너는 스물여덟 살짜리 심장과 허파를 가지고 있다. 너는 밥을 먹는다. 죽음이 포식할 때까지.

642

근본적인 문제는 이 삶이 병들었다는 데 있지 않고, 이 삶이 바로 병이라는 사실. 이 삶은 발각되지 않은 암이다. 유일한 치료법—자신을 서서히 꼬치꼬치 말려 죽이는 것.

643

네가 약해질 때, 어디 발 디딜 데 없을 때 너는 시(詩)에 매달린다. 사실은 세상에 매달려야 할 일이다.

644

너의 불행은 네가 완전히 절망할 수 없음에서 온다. 시는 언제나 뒤집힌 곳에서 출발한다.

645

사랑—얇은 백지 위로 지나간 예리한 칼날의 흔적. 시—어리석음이 보여주는 파노라마. 혹은 시—섹스~죽음~부끄러움~……이런 강강수월래.

1980

646

낙반사고—낙반사고—낙반사고—낙반사고.

647

시는 그것 자체로서 위안도, 희망도 아니다. 그러나 가령 우리가 벽을 밀 때, 그 미는 힘은 동시에 벽이 우리를 미는 힘이다. 그러므로 시는 위안이며, 희망이다.

648

시는 닫힌 문이다. 그 문을 열면 사람 온기가 남아 있는 낯익은 방에 들어서게 될 것이다.

649

환상을 깨는 그의 문학은 더 지독한 환상이다.

650

처음도, 끝도 관찰! 너는 '눈'이다. 잠깐 잠깐 눈뜨는 졸린 눈이다.

651

그 여자는 흙에서 몸을 일으킨다. 내가 땅 위에 그 여자를 그렸기 때문이다.

652

시는 추락의 체험이다.

653

내가 가는 길들은 기억이 가는 길들이다. 가로등은 종양처럼 빛난다.

654

너의 기억은 끝없는 풀밭이다. 한가롭게 악령들이 풀을 뜯고 있다.

655

너는 이 생에서, 이 생에 대한 사랑 없이는 어떤 관찰도 할 수 없다는 것을 잘 알고 있다. 그렇다면 좀더 냉정해져야 할 것이다.

656

피는 꽃들의 속절없음. 노래하는 새들의 속절없음. 살을 짓이기는 절구의 속절없음. 대체 이 삶은 밀가루 반죽이었나?

657

죽음은 사람을 닮았다. 초로(初老)의 신사. 맥고모자를 쓰고 붉은 넥타이를 맨 말쑥한 사내. 작은 키에 여윈 몸매. 경련하는 손가락. 그는 택시를 부르듯이 우리를 부른다.

658

스스로 자신의 시신(屍身)을 거둘 수 없음—그것이 슬픔의 뿌리인지 모른다.

659

집을 짓듯이 슬픔을 짓고, 집을 무너뜨리듯이 기쁨을 무너뜨린다.

660

문은 썩어 있다. 두드리면 부서질 것 같다. 어떻든 너는 들어갈 수 없다.

661

내가 시를 학대함에 시가 나를 학대하도다!

662

나의 전략—충분히 몸이 지치게 한 다음, 지친 몸이 마음을 지치게 할 것.

663

나에게는 불확실한 것까지 흔들린다.

664

순결에 대한 인식이 없다면, 부패도 없다.

665

세상을 관찰하는 내 눈은 앰뷸런스의 회전등처럼 돌아간다.

666

글을 쓰고 싶다는 욕망만 확실해진다면 그의 불행은 반감될 것이다.

667

지치거라, 지치거라, 마음이여…… 오늘 이곳에 머물러도 마음이 차지 않는 것은 본래 그대 마음이 낯선 여관이기 때문이다.

668

변명하라, 오랫동안 너는 술은 먹지 않고 안주만 먹어왔다. 변명하라, 어떻든 용서하지 않으리라……

669

나는 낮다. 한없이 낮다. 고통받는 사람들의 어깨만큼……

670

삶은 추락의 체험이다. 그리고 사랑은 갈라진 벽의 금처럼 시작된다.

671

내 마음속에서 그들은 금붕어처럼 헤엄치기 시작한다. 나는 그들을 임신중이다.

672

관찰은 사랑의 눈이다.

673

어두운 날엔 유곽의 창 밝고 환해 세상을 두루 비추고, 빗물은 흘러 뇌수를 적신다. 납으로 만든 희망, 뽕나무처럼 자라는 늙은 가족들.

674

이 생 위에 무엇을 세우는 일의 불가능함에 대하여—집은 감옥을 닮고, 학교는 사창가를 닮고……

675

내가 모독받은 만큼 시는 모독받아야 한다.

676

한 절망에 대한 위안은 더 큰 절망에 있다.

677

추함이란 자기를 열어젖히는 것이다. 속옷까지 벗어부치는 것을 무슨 자랑으로 아는 사람들. 나는 그들의 친구가 아니다.

678

우리가 괴로워하는 것은 우리의 의식 속에서 우리를 괴롭히는 무언가가 확정적이고 돌이킬 수 없는 '사실'이 되기 위해 몸부림하는 모습이다.

679

'사실'은 '느낌'의 죽음과 더불어 시작된다.

680

'사실'과 '느낌' 사이의 불연속성—그 사이에 '망각'이 가로놓여 있다. 우리는 망각 때문에 살 수 있고, 망각 때문에 죽을 수 있다.

681

망각은 느낌의 죽음이기 때문에, 삶의 은인이며 원수다.

682

열대지방에서 맹수들을 피해 나무 위에 집을 짓듯이, 우리는 망각 위에 존재의 집을 짓는다. 그토록 삶은 위험한 것이다.

683

일상생활은 느낌으로부터의 탈주다.

684

'사실'의 세계는 고름이나 패총(貝塚)처럼 '느낌'의 잔해이다.

685

일상적 삶은 '느낌'에서 '사실'로, '위험'에서 '안전'으로의 끊임없는 이행이다. 예술이 진정한 삶을 복원하기 위한 시도라면, 예술은 일상적 삶과는 반대방향으로 진행할 것이다. 즉 사실에서 느낌으로, 안전에서 위험으로.

686

예술—패인 길바닥에서 폭풍의 힘을 읽고, 날아가는 공에서 공 던진 사람의 자세를 읽어내는 일. 혹은 유리창의 손자국으로부터 미지의 손을 읽어내는 일.

687

예술은 부서짐과 망가짐과 찢김에서 출발한다. 진정한 천국은 잃어버린 천국이다.(Proust)

688

예술—'느낌'의 잔해인 '사실'로부터 '느낌'을 되살려내는 일. 즉 패총으로부터 옛날 조개를, 고름으로부터 흰피톨을 되살리는 일. 요컨대 죽은 나무에 꽃을 피우는 일. 그러므로 예술은 본질적으로 무모하고 어리석다.

689

사라진 것들에 대한 사랑은 사라질 것들에 대한 사랑을 부른다.

690

파편화된 삶에 대한 사랑은 파편화된 사랑이다. 즉 그것은 이미 '금이 간' 사랑이다.

691

시는 현장 포착 그 이상도, 이하도 아니다. 그 때문에 한없이 안타깝고, 또한 그 때문에 패배주의나 순응주의로 오해받는다.

692

사랑이란 작은 것에 대한 지향이다. 그러므로 사랑은 큰 것일 수 있다.

693

그것이 무엇이든, 다만 살(肉)이기만 하다면 무한히 껴안고 싶음이여! 그대 몸 전체가 유곽이로다.

1981

694

끊임없이 어디론가 헤매면서 결국은 여기 남아 있는 것!—너는 한 발짝도 벗어날 수 없다.

695

죽는 그날까지, 끊임없이 죽고 싶은 마음으로 죽음을 마중나가야 한다.

696

기록! 우리가 지금 여기 살아 있음을, 우리가 한때 거기 살아 있었음을 '그날' 증거해야 한다.

697

시—닫혀 있는 자기를 열고 들어가 갇혀 있는 삶을 다시 만날 것.

698

기록과 증거, 까닭 모를 고통의…… 너의 기쁨은 확인된 진실이다.

699

희망은 그 자체로서 누구의 것도 아니다. 혹은 언제나 남의 것으로서의 희망.

700

'나는 결코 속지 않을 것이다'라는 생각의 속임수!

701

시—구상과 비구상의 교직. 그리하여 서로의 깊이를 더하는 것. 삶의 영상화.

702

삶은 죽음의 그림자다. 해바라기로서의 삶!

703

그는 살았다. 그의 괴로움을 받아들이지 않는 세계 안에서……

704

병으로 죽는 돼지야말로 행복한 돼지다.

705

자기 자신은 책이고 거울이고 세계이며, 처음이고 끝이고 끝의 다음이다.

706

너의 고통과 불안은 너 자신을 높이려는 데서 온다. 기쁨은 언제나 낮게, 낮게 찾아온다. 너 자신을 연기처럼 낮게 내릴 때, 네가 발 딛고 있는 대지는 기쁨일 것이다.

707

물을 두려워하지 않는 갓난아이는 참으로 평화롭게 물위에 뜰 수 있다는 사실. 우리의 고통과 불안은 그것 자체로서는 참된 평화가 거부된 데서 오는 것이지만, 또한 그것들은 참된 평화를 가로막는 것이기도 하다.

708

여기 아직 기쁨은 있다. 다만 네 스스로 고통에 집착함으로써 알아채지 못할 뿐이다.

709

내 시의 두 가지 가능성—고통을 있는 그대로 보여주는 것과, 고통에 대한 아포리즘을 시화(詩化)하는 일. 어떻든 삶의 손을 놓지 말아야 한다.

710

삶을 시로 바꾸는 것은 자신의 고통을 염(殮)하는 일이 된다.

711

나는 불안의 음악을 사랑한다. 나는 불안이다. 불안은 설익은 기쁨이다.

712

너는 지금까지 가능한 것조차 불가능한 것으로 생각하는 씻을 수 없는 잘못을 저질러왔다. 너의 삶은 네가 망친 것이다.

713

겸허함이란 자기 비판의 한 양식이다.

714

이제 알겠다. 불안은 죄다!

715

이 개만도 못한 녀석, 너는 조금만 더 있으면 땀 흘리며 괴로워할 것이다.

716

우리가 한없이 괴롭다는 것만으로, 이 세계는 기쁨이다.

717

모든 것이 바닥없는 공허와 같은 것일지라도, 모든 것은 또한 기쁨으로 열리는 길일 수도 있다.

718

지금 네가 괴로운 것은 너 자신을 어떻든 대수로운 존재로 여기는 까닭이다.

719

짓밟히면 짓밟힐수록 삶은 더 부드러워진다. 밀가루와도 같은 이 기쁨!

720

삶은 한차례 괴로움이 지나가고, 다가오는 기쁨에 고요히 몸을 떠는 것……

721

불안은 괴로움에 편듦으로써 세계의 기쁨이 나타나는 일을 막는다. 그러므로 불안은 죄다.

722

절망은 사랑하기 전에 사랑받으려는 것이다. 그러므로 절망은 죄다.

723

사랑하는 것은 절망하는 것이다. 그러나 절망 자신에게 무게와 힘을 주지 않고서……

724

삶과 외줄타기의 동일성. 아래를 내려다보면 너는 떨어지고 만다. 다만 심연을 바라보지 않는 것만으로 사람은 살 수 있다.

725

삶은 구조를 세우는 것이다. 삶을 사랑한다는 것은 허약한 우리 삶의 구조를 사랑하는 것이다.

726

모든 고통은 환희의 일시적인 모습이다. 그러나 쉽사리 너 자신이 고통의 껍질을 벗겨 환희를 찾으려 들지 말 것. 기다릴 것, 조급하게 속단하지 말고 다만 기다릴 것!

727

이 세상의 슬픔은 우리의 조급함에서 오는 것이다.

728

모든 고통은 진리와 기쁨으로 가는 길이다. 그런데 너는 그것을 장애물로만 생각하고 있다.

729

근본적으로 절망은 허위다. 살아 있으면서, 살아 있음을 부정하는 것.

730

우리는 이곳에 세든 사람이다. 여러 번 재혼한 뚱뚱한 늙은이가 또다시 젊은 계집에게서 토실토실 살찐 복스러운 아이를 얻었다. 그가 우리집 주인이다.

731

괴로움은 혀 같은 것이다.

732

자신을 얻는다는 것은 자신의 어리석음에 대해 확신을 갖는다는 것이다.

733

자신의 기쁨을 쉬이 고통으로 바꿀 준비가 되어 있는 사람은 어떤 고통도 기쁨으로 바꿀 수 있을 것이다.

734

확실히 나는 종교적이다. 그러나 종교의 실체에 대한 믿음 없이……

735

어떤 위안도 없이 고통을 맞아들이되, 고통의 감미로움에 빠지지도 말 것.

736

순간순간 너는 이 삶을 왜곡하고 있다. 살면서 너는 죽을죄를 짓고 있다.

737

확실히 세계는 고통도 기쁨도 아닌, 세계 자신이었을 뿐이다.

738

기쁨이 오기를 기다리는 것은 그것 자체로서 기쁨이다.

739

내가 잘못 살고 있다는 확신만이 내가 제대로 살 수 있는 가능성의 지표가 된다.

740

형벌이 찾아오면 기쁜 마음으로 영접할 일이다. 깊숙이 칼이 들어올 때 무가 반항하는 것을 보았는가.

741

여기서의 괴로움은 사랑의 시련일 뿐이다. 몸부림하지 말고, 두 눈 부릅뜨고 괴로움과 마주 보는 일. 생은 근원을 알 수 없는 빛일 수도 있다.

742

사랑의 단초(端初)는 처음으로 자기의 괴로움을 껴안는 것이다. 괴로움은 국경도, 시대도 없다. 우리는 괴로움 속에서 하나다.

743

절망에 대한 가장 확실한 위안은 그 또한 현재의 시간과 함께 지나가리라는 것이다.

744

이것은 기쁨인가, 괴로움인가? 나는 한계 수위를 넘은 강이다.

745

사람은 괴로움을 어찌할 수 없지만, 그러나 받아들일 수는 있다.

1982

746

가령 이 밥상 전체가 거대한 파리떼라는 가정(假定).

747

아하, 진통이 없다. 진통이, 진통이, 전에는 그렇게도 많았던 진통이!

748

삶, 삶, 끝없이 우리를 괴롭히는 삶, 편하면 편한 대로…… 불편하면 불편한 대로……

749

자기를 뒤집으며 날아가는 새들, 바람 부는 들판을 지나 높은 미루나무 끝에서 다시 몸 뒤집으며 떠오르는 새들, 삶은 여기 있고 하나다.

750

자기를 몰아세우는 어떤 결함은 사랑스럽다.

751

오늘날까지 여자들은 한국에서 삶의 가장 아픈 부분을 감당해왔다. 향가 속에 보이는 신라 여인의 광대뼈와 낮은 눈두덩. 마침내 그것들을 사랑하게 될 때까지……

752

어느새 나도 어른들의 어린애 놀이에 한몫 끼게 되었다. 더할 나위 없이 유치하고 어리석은 소꿉놀이, 혹은 이전투구. 이 삶의 전부는 내 문학의 거대한 밥상이다. 너무 역겨워 좀처럼 상보를 걷을 마음이 나지 않는다.

753

사랑은 풍자도 해탈도 아니다. 사랑은 동참이다. 하지만 뜨거운 풍자, 뜨거운 해탈은 사랑임을 나는 안다. 그 속에는 언젠가 죽어야 하는 인간의 불안한 몸짓이 보인다. 내가 보고 싶고, 기억하고 싶은 것은 그 부질없는 몸짓이다.

754

술집에서 싸우는 저 놈팽이들, 혹시 동정녀의 아드님들이 아니신지. 엎드려 절하건대, 이제 그만 불 꺼진 자궁으로 돌아가소서……

755

죽음으로써 기억한다.

756

처음도 끝도 관찰이다. 관찰은 사랑의 땅으로 들어가는 길목이다.

757

예술가로서의 삶의 완성의 문제는 나에게 완성된 예술보다 중요하게 생각된다. 한 예술가로 살아간다는 것은 무엇을 의미하는가. 이 물음에 대한 우회적인 대답으로 나는 나 자신에게 언제나 매순간 죽어야 한다고 타이른다. 이때 죽는다는 것은 '언젠가 나는 죽어야 한다'는 명확한 사실을 기억하는 것이며, 그럼으로써 지금 살고 있는 이 삶을 죽는 그날의 내가 되어 바라보는 것이다. 나는 매순간 죽어야 하고, 그럼으로써 나의 삶, 혹은 현실의 풍경들은 되살아나야 한다. 내가 죽음으로써만 이 세상은 현전하고, 존재하고, 기억된다. 나의 삶은 나의 것이며, 동시에 나의 것이 아니다. 따라서 나의 임의대로 처분하거나 망각할 수 없다. 나의 삶은 매순간 내가 죽기를 바란다. '나는 죽고 싶다'는 말은 '나는 지극히 살고 싶다'는 열망의 온전한 표현이다. 열심히, 철저히 죽고 나서야 나는 비로소 소생할 것이다. 이제는 더이상 죽을 수 없을 만큼 내가 죽었을 때 '나사로야, 어서 일어나라!'라는 그 희미하고 따뜻한 음성이 들려올 것이다. 아, 어느 날에야 나는 완전히 죽을 수 있을까.

758

나는 안다. 내가 언제 변절했고, 어디서 비겁했고, 어떻게 타락했는지를.

759

이 사소롭고 거창한 허위, 나는 나를 믿을 수 없다.

760

나는 내 자신의 수작을 빤하게 다 안다. 하지만 어쩌랴, 안다고 말하는 것 외에 나는 아무것도 할 수 없다.

761

뜨거운 핏줄과 흐르는 피의 저속함. 어떻든 피는 핏줄 속을 흐르고, 핏줄을 데워준다는 도발적인 사실.

762

예술가로서의 한평생은 초보자의 자동차 운전과 비슷하다. 쉴새없이 궤도에서 빗나가지만, 그때마다 다시 돌아온다.

763

즐거움은 언제나 주저와 불안과 함께 온다.

764

우리는 처음 결혼식을 갖는 신랑처럼 어색하게, 어눌하게 살아간다. 그것이 생이라면, 구태여 세련된 것은 인간적이 아니다.

765

세상은 내 밥상이다. 나는 기어코 침 뱉을 것이다.

766

어쨌든 우리는 모두 죽을 것이다. 나는 소 혓바닥 요리를 먹었다. 내 혓바닥 요리는 누가 먹을 것인가.

767

인생에 관한 한 나는 절대적 비관주의자다. 인생은 거대한 상처다. 나는 결코 잊지 못할 것이다. 하지만 이 몸에 남아도는 따뜻한 숨소리와 소리 없는 설렘은 무어라고 설명해야 하나?

768

사랑은 '구체적으로' 사랑하는 것이다.

769

이제 나의 문학 독본은 끝났다. 그 때문에 나는 좌절한다.

770

사람 안에는 모든 것이 다 있다. 그것을 엿보는 문학, 선의(善意)의 스토킹.

771

결국 나는 실패할 것이다. 나는 그것을 명약관화하게 알고 있다. 삶이여, 내가 죽으면 그때는 너도 따라 죽을 것인가.

772

한때 우리의 안방이었던 유곽과, 수도원이었던 화장실과, 너의 입속이었던 시궁창에서, 우리가 화상(火傷) 입은 우리를 알아보았을 때, 그때 지상에서 내가 너의 작은 손가락에 끼워주던 반지 아닌 족쇄, 파리는 벌써 우리의 입가에 올라앉아 미소한다.

773

한번 다시 축축한 생솔가지는 타오를 것인가. 아니면 내가 지금 쇠뭉치를 태우려는 것일까.

774

지금 나는 산해진미를 앞에 두고, 위장 때문에 숟가락을 못 드는 재미없는 사내와 같다. 어쩌면 나의 위장은 '삐끗'하면 나을지도 모른다.

775

수졸(守卒)에서 입신(入神)까지. 일언이폐지하여 수절(守節)이다.

776

나는 문학에 관한 모든 길을 안다. 그 어느 한 길도 제대로 갈 수 없나는 것까지…… 문학은 삶이다. 삶이 곧 문학은 아니라 하더라도.

777

아직도 점을 치는 사람들이 있다니. 그들의 점괘로 혜성처럼 나타날 불길한 날들.

778

어느 날 나는 길이 십 센티의 짱뚱어가 그보다 작은 짱뚱어를 눈 하나 깜박 않고 잡아먹는 것을 보았다. 그날 저녁 식탁에 오른 된장 속의 멸치를 보고 구역질했다. 목숨이 목숨을 잡아먹는 한, 우리는 천당 못 간다.

779

시는 문학의 운명이다.

780

관찰된 삶만이 삶이다. 나머지는 망각이고 폭력이다.

781

확신이 주는 불안—이제는 됐다. 이제는 끝이다……라고 느꼈을 때의 엄청난 불안, 그때 붉은 닭벼슬처럼 흔들리는 삶.

782

나는 이 삶을 긍정한다. 어떤 이득도 없이……

783

너는 교만하다. 진정한 너 자신은 따로 있을 것이다.

784

북소리와 심장의 고동소리의 닮음. 대상세계의 본질은 인간 내부에 있다.

785

너에게는 절대적으로 현실이 부족하다. 그러고서도 어찌 현실이 황금종(黃金鐘)으로 변화되기를 바랄 수 있겠는가.

786

네가 아플 때 누가 와서 놀러 가자고 해도 따라가지 못한다. 그러므로 무엇보다 건강해야 한다.

787

너의 교만은 A가 너보다 뛰어난 것을 A의 잘못으로 돌린다.

788

너를 슬프게 하는 것은 너 자신의 교만이나.

789

꽃은 불안하지 않다. 꽃은 슬프지 않다. 꽃에게는 그 자신이 따로 없기 때문이다.

790

만약 네가 '너'를 버리지 않는다면, 너의 한평생은 슬픔과 좌절의 연속일 것이다. '너'는 너 자신의 환영일 뿐이다. 지금까지 네 실패의 원인은 환영을 실체로 잘못 안 데 있다. 자, 너는 무엇을 택할 것인가. 슬픔인가, 평정인가? 좌절인가, 겸허인가?

791

잊혀진 것들은 다른 데서 되살아난다. 가령 시.

792

절망은 교만에서 온다. 보라, 아무것도 가진 것이 없는 투명한 물방울!

793

절망 또한 유독한 습관일 수 있으며, 희망 그 자체는 낙관적인 것이라 하더라도, 희망에 매달리는 일은 그리 낙관적인 일이 아니라는 것을 그는 요즘 생각한다.

794

무엇이건 치밀하게 묘사하면 상징성을 띠게 되고, 무엇이건 약간만 비틀어주면 전혀 다른 분위기를 갖게 된다. 삶도 그와 같아서, 세월이 가면 추하고 냄새나는 것들도 그윽한 분위기를 머금기 마련이다.

795

생은 손님이고, 사람은 생이 머무는 집이다.

796

본질적으로 마음의 여행은 무용(無用)한 것이다. 시가 그렇다.

797

아름다웠던 것들이 눈을 뜬다. 칼이 눈을 뜬다. 지금 걸어가는 사람들은 모두 도둑이다. 오, 고요한 밤의 폭풍!

798

생각해보라, 네 고통은 나뭇잎 하나 푸르게 하지 못한다.

799

원천적으로 나는 이 삶을 믿지 않는다. 하지만 현실감이 넘치는 이 무대, 너무 진짜 같아서 가짜인…… 나는 배우인가, 관객인가, 어떻든 선택을 해야 할 것이다.

800

우리가 지금 여기 사는 것은 죄의 진흙탕 속에서도 누군가 우리를 부르며 꿈꾸고 있기 때문이다. 숱한 죽음의 체험들로부터 우리가 소생하는 것은 그 꿈이 한없이 약하면서도 꺼지지 않는다는 뜻이다.

1984

801

문학이란 현실로 들어가는 문(門)이다. 문학을 신줏단지처럼 받드는 사람들이 문학으로부터 배신당하는 것은 당연한 귀결이다. 조금이라도 문학이 중요하다면, 그것은 삶이 중요하기 때문이다.

802

문학은 삶을 꿰뚫어 보는 '눈'에 지나지 않는다. 예술지상주의자들이 착각하는 것은 바로 이 대목이다. 그들은 삶 대신, 문학이라는 우상을 받드는 것이다. 지난 몇 해 동안 내가 문학에 대한 관심을 버리지 않고서도 이렇다 할 결과를 얻지 못한 것은 삶과 현실에 정면도전할 용기와 힘이 없었기 때문이다. 사실 힘이란 용기에 지나지 않으며, 용기란 바로 희망이다. 지금 나에게는 삶에 대한 희망이 없다. 그것은 죽음에 이르는 병이다.

803

아침에 눈뜨면서 불현듯 '굶는 광대'라는 말이 머리에 떠오른다. 예술가를 지칭하는 말 가운데 이보다 더 잘 들어맞는 말이 있을까. 그렇다, 예술가는 '굶는 광대'이다. '굶기'는 또한 유사종교에서 말하는 '진인(眞人)'의 길이기도 하다. 예술에서의 진실은 종교에서의 저세상과 같은 것이다. 이 세상과 저세상은 양립하지 않는다. 저세상을 얻기 위해서는 이 세상을 내놓아야 한다. 그러나 말장난이 아니라면, 저세상이란 진정한 의미에서 이 세상이다. 따라서 우리는 이 세상에서, 저세상을 얻기 위해 굶으려는 각오를 단단히 하지 않으면 안 된다. 예술은 '지천(至賤)'이며 동시에 '지복(至福)'이다.

804

의혹, 의혹…… 처음부터 끝까지 자신에 대한 불신. 내가 무엇을 할 수 있겠는가. 내 눈엔 아무것도 보이지 않는다. 이제는 가늠을 할 수 없을 정도로 늙은 사냥꾼. 하기야 나이 서른에 눈이 멀 수도 있다. 그러나 마음의 눈은 습관과 안일과 나태 때문에 멀게 되는 것이다. 내가 무엇을 할 수 있겠는가. 이제 나에게는 기다림까지도 타성의 몫이 되었다. 확실히 내 앞에 가로놓인 이 삶은 거대한, 깊이를 알 수 없는 암벽 같은 것이다. 처음 얼마 동안 나는 별 힘 안 들이고, 겁없이 이 암벽을 파들어갔다. 나는 그것이 내 재능의 결과인 줄 알았다. 그러나 이내 아무리 뚫으려 해도 추호의 틈새도 허락하지 않는 암반에 부딪히게 되었다. 지금 나는 마치 잉크병이 헛돌듯이, 이 암반 앞에서 머뭇거리고 있다. 그것을 꿰뚫을 수 있는 힘이 없기에, 나는 신비에서 현실로, 현실에서 신비로 결실 없는 왕복을 되풀이하고 있다. 그것들이 팽팽한 힘에 의해 당겨진 것이 아니기에, 내가 파악한 신비도, 현실도 생명이 없는 것이다. 이 암반을 뚫을 수 있는 길은 더 큰 힘밖에 없다. 힘이란 곧 삶에 대한 희망이다. 그런데 그 힘을 어디서 끌어낼 것인가. 내 머릿속에는 똥만 가득 차 있다. 이 똥덩어리들을 무슨 수로 치울 수 있겠는가. 어떻든 이 타락에서 벗어날 수 있는 길은 하루에도 몇 번씩 나 자신이 타락했음을 확인하는 것밖에 없을 것이다.

805

뚫리지 않는 벽만큼 단단한, 뚫으리라는 희망. 그 희망을 저버리는 것이 퇴폐다.

806

절망은 죄다. 그것은 비겁함과 성급함으로부터 시작되는 것이다.

807

절망은 치유할 수 없는 죄다. 그것이 게으름과 무감각을 불러오기 때문이다.

808

절망에 대한 생각은 절망을 부른다. 너는 더이상 절망에 대해 생각해서는 안 된다.

809

떼장처럼 눈 쌓인 산 속에서는 소리를 질러서는 안 된다고 한다. 조그만 소리에도 산속의 균형이 깨어져 눈사태가 일어나기 때문이다. 그처럼 삶은 위험한 것이다. 아무도 큰 소리로 괴로워해서는 안 된다.

810

희망, 그것은 절망의 반대가 아니라, 퇴폐의 대립항이다.

811

희망은 누구나 가질 수 있는 것이 아니다. 삶의 벼랑 끝에 서본 사람 외에는…… 희망은 맹목적인 의지나 신념과는 다른 것이다. 그것은 깨어 있는 사람에게만 주어지는 보상이다.

812

희망은 삶에서만 생겨난다. 삶은 희망이다. 보다 정확히 말해 절망의 얼굴과 절망의 목소리로 너서나오는 희망이다.

813

절망과 희망의 하나됨은 우리가 중독된 삶으로부터 깨어나는 순간에만 이루어질 것이다. 중독은 퇴폐다.

814

퇴폐는 악(惡)에서와 마찬가지로 선(善)에서도, 타락에서와 마찬가지로 도덕에서도 찾아볼 수 있다. 게으른 도덕주의자는 고뇌하는 악인 이상으로 퇴폐주의자다.

815

삶의 동력이 끊어진 시에는 언어유희밖에 남지 않는다. 그것은 표어나 재치문답과 다를 바 없다. 그런데 삶의 동력이란 죽음이 충전하는 것이다.

816

삶의 본질은 어떤 형태이든 가난에 있다. 유복하고 안락한 곳에는 '현실'이 없다. 확실히 나는 너무 편하게만 살아왔다.

817

도덕주의의 악습은 자기 아닌 것들을 타락으로 몰아세우는 데 있다. 그러나 삶은 삶을 재판하지 않고, 할 수도 없다.

818

모든 이념의 이념성은 자기의 옳음에 대해 의심하지 않는 데 있다.

819

현실—유일한 스승이며 길잡이.

820

시—점화(點火)의 순간, 혹은 비상(飛翔)의 순간. 그러나 그것을 초월이나 해탈이라고 말하지 말 것.

821

문학은 근본적으로 자아비판이다. 그에 반해 주장이나 설득은 타아비판이다.

822

문학은 영혼의 싸움의 기록이다.

823

두드리지 않는 자에게 '문'이 저절로 열리는 법은 없다.

824

타락—구체성의 상실. 보다 정확히 말해, 구체성에 대한 감각의 상실.

825

문제는 내가 타락했다는 데 있는 것이 아니라, 타락으로부터 벗어날 수 있는 힘과 용기를 잃었다는 데 있다. 타락—희망의 상실.

1985

826

극복할 수 없는 아픔에 대한 위안은 그래도 우리가 그 아픔을 '앓아낼' 수 있다는 믿음에 있다.

827

분명히 괴로움의 비등점에 이르면, 무언가 다른 목소리가 나올 것이다. 그런 점에서 내 시는 다시 쓰여져야 한다.

828

나는 내가 아주 불안하고 정처없을 때, 나에게 들려줄 노래가 필요하다. 그 노래가 좋은 노래라면, 다른 사람에게도 들려주고 싶다.

829

육체의 숨소리가 있듯이, 영혼의 숨소리가 있다. 숨소리는 아직 살아 있음을, 아직 살아야 함을 뜻한다. 시는 궁극적으로 다른 숨소리, 다른 호흡이다.

830

시—마치 물고기의 아가미처럼, 삶이라는 숨쉴 수 없는 공간을 향해 열린, 그러나 지금은 퇴화해버린 우리들의 아가미.

831

시가 무엇을 노래하든, 그것이 개인의 사사로운 슬픔이든, 아니면 한 시대의 부패한 역사이든 시는 '다른 호흡'이다. 나는 윤동주와 백석을 사랑한다. 그들은 다른 아가미로 숨쉰 사람들이다.

832

시는 다른 호흡을 통하여, 지워진 삶의 밑그림을 찾아낸다. 한 아이가 나뭇가지로 땅 위에 글자나 그림을 새긴 다음 흙으로 덮은 것을 다른 아이가 찾아내듯이……

833

시는 잊혀진 삶의 흔적들을 발굴한다. 노래와 삶의 일치—그때 우리는 영원히 산다.

834

시—현실의 비현실화, 혹은 비현실의 현실화. 언제나 다시 듣고 싶은 '찬기파랑가'.

835

언제부턴가 나에게는 이 삶이 '연옥'으로 생각되었다. 이곳은 모든 것이 미결로 남아 있는 기다림의 장소이다. 낮은 이미 지나갔고, 밤은 아직 오지 않았다. 이 삶의 유일한 원칙인 기다림—절망은 기다림의 적극적인 표현이다. 퇴폐란 절망이 아니라, 기다림의 포기이다.

836

삶이라는 연옥의 두 접경은 살아 있는 모든 것들이 숨쉬는 '신비의 세계'와 아수라장 같은 '현실 풍경'이다. 나는 두 세계 사이에서 방황한다. 나의 꿈은 나뉘어진 두 세계를 '나를 통하여' 하나로 잇는 것이다. 나는 '길'이다.

837

삶이라는 연옥에서 구원은 언제, 어디서 올지 모른다. 그것이 바로 연옥의 존재방식이다. 나는 구원이 내 등뒤에서 올까봐 두렵다.

838

나는 내가 깨어 기다리고 있지 않음을 잘 안다. 또한 그것이 나의 타락이며, 그 타락이 내 시에도 흠뻑 배어 있음을……

839

시는 '집으로 가는 길'이다.

840

천국에는 희망이 없다.

841

가난한 시대는 '길'이 '집'인 줄로 착각한다.

842

문학—고향 안 가기. 고향 못 가기. 혹은 내 못 먹는 밥에 침 뱉기.

843

삶의 밑그림은 시대에 따라 다른 모습으로 채색된다. 한 시대에 고유한 채색법의 발견자—시인.

844

물질과 영혼, 형이상과 형이하의 분리는 체제수호적 이데올로기의 장난이다. 혁명은 그 분리 대립의 종식을 목표로 한다.

845

들숨과 날숨처럼 현실의 집과 존재의 집은 따로 있지 않다. 그것을 대립으로 파악하는 시대의 가난함.

846

좋은 관계란 서로를 변화시키면서, 변화되는 관계이다.

847

시—굴절. 자아의 굴절이면서 동시에 자아 속에서 사물의 굴절. 시인의 내면은 변형의 공간이다. 가령 멀쩡하면서도 휘어져 보이는 물그릇 속의 숟가락.

848

좋은 의미의 의식은 무의식의 숨구멍을 터준다.

849

의식에는 편차가 없다. 획일이 있을 뿐이다.

850

의식은 제가 아는 것만을 안다. 머리로 쓰여진 글들의 재미없음.

851

무의식은 징후를 냄새 맡는다. 폭풍이 오기 전의 풀잎. 혹은 지진을 눈치채는 바퀴벌레.

852

어떻게 의식을 무의식으로 전환시킬 것인가. 어떻게 이 생솔가지에 불을 붙일 것인가. 즉 어떻게 이 암반 전체를 집으로 바꿀 것인가.

853

영화 〈Long Ship〉에서, 바이킹들이 찾던 황금종은 섬 전체였다. 색(色)이 공(空)이며, 번뇌가 열반이다.

854

땅에 앉은 새와 날아가는 새는 같은 새가 아니다. 손에 잡힌 방아깨비가 아무런 즐거움이 되지 못하는 까닭도 여기에 있다. 현실은 잡힌 새와 같다. 누군가 다시 날려주어야 한다.

855

시—순간온수기에 점화되는 순간의 불꽃!

856

시—얇은 얼음판 위를 밟고 지나갈 때의 고요함. 위험.

857

문학은 집이다. 그곳에 삶이 들어가 살아야 한다. 그런데 너는 너 자신이 들어가려 한다.

858

이념은 현실을 화석(化石)으로 만든다.

859

중요한 것은 삶이고 인식이지, 언어가 아니다. 언어는 나중에 온다.

860

시는 완강한 괴로움을 무마하기 위한 한판의 푸닥거리 같은 것이다.

861

괴로움의 비등점에 이르면, 무언가 다른 목소리가 나올 것이다. 그러나 지금은 아니다.

1987

862

모든 경계는 결국 의식의 경계일 뿐이다.

863

비극에는 가슴을 찢는 꿈이 있다. 비극은 우리를 꿈꾸게 한다.

864

우리가 괜찮은 여자를 보고 입맛을 다시는 것은 식욕과 성욕이 하나의 방법을 통해 표현되기 때문이다. 그만큼 육체는 가난하다.

865

육체의 쾌락은 마찰과 낙차에 의해 생긴다. 정신의 세계에서도 떨어짐과 부딪침은 즐거움을 낳는다.

866

영화 〈인도로 가는 길〉—인도 속에서 다시 인도로. 그러므로 문학 속에서 다시 문학으로!

867

애정은 뜨겁기 때문에 식는 것이다.

868

국제관계를 무대로 했기 때문에 소설의 공간이 넓어지는 것은 아니다.

869

나는 세월을 삼키는 거대한 입이다.

870

공작새—아름다움은 분비물을 만들고, 분비물 속에 기거한다.

871

시—겨울날 유리창에 구르는 물방울. 안의 따스함과 바깥의 차가움이 나누는 대화.

872

감각은 끊임없이 생성되지 않는 한 굳어버린다. 지금 나는 죽은 가지를 매달고 서 있는 것은 아닌가.

873

물고기는 울지 않는다.

874

나의 변증법—나는 많은 것을 보았다. 할말이 없다. 무언가 말해야 한다.

875

가장 아름다운 꽃나무는 언제나 가지가 비뚤어져 있다.

876

출구는 헤맴 속에 있다.

877

아, 그는 그토록 바보 같을 수가 없었네. 그는 세상에, 세상의 병을 전하지 않았네. 세상 전체가 그를 옭아매는 형틀이었네. 아, 누가 멍든 괴로움 속에서 살고 싶지 않겠는가!

878

행복은 예감으로서 존재한다. 그런데 예감은 벌써 현실이다. 예감과 함께 행복은 실현된다. 더도, 덜도 아니고, 있는 그대로…… 그리고 실현은 무너져내림이다. 낙반사고 혹은 낙태.

879

우리는 절망 속에서 꽃핀다. 모든 꽃은 절망의 나무 위에서 핀다.

880

꽃핀 동백나무 가지 사이, 당신은 거기 그렇게 서 있었다. 나는 당신의 자세를 사랑한다. 사랑은 어떤 '자세'에 대한 사랑이다.

881

당신은 아직 내가 내딛지 못한 한 발 허공이다.

882

먼 포성처럼 삶은 거기 있었네. 세라복을 입은 아이들이 노래 불렀네. 그들의 노래는 그리 불안했네. 그들의 노래는 악마의 미끼였네.

883

'이 씨팔년아, 술 먹은 건 나야. 왜 중심을 못 잡고 남의 발을 밟아?'라고 소리치는 젊은이의 술 취한 눈 속 깊은 곳의 짐승은 어떤 짐승일까. 참으로 진실은 내 속 깊은 곳에 사는 저 꿈도, 잠도 없는 짐승 같은 것이다. 지금 내가 괴로운 것은 그 사실을 수긍하기 힘든 까닭이다. 그러나 일단 수긍하기만 하면, 그렇게 마음이 편해질 수가 없다.

884

높다란 나뭇가지 위 새집처럼 그는 살았네. 삶은 고통이었네. 텅 빈 새집이었네……

885

가령 우산도 없이 나갔다가 예고 없이 내리는 비를 맞기도 한다. 비 그칠 때까지 어디 길모퉁이 같은 데서 기다릴 수도 있겠지만 그 비를 맞으며 간다. 그리 바쁜 일도 없는데 기어코 그 비를 맞으며 간다. 하늘에서 내리는 비는 맞을 수밖에 없다.

886

세상은 그에게 병을 주었네. 혼자 그는 아파했네. 그는 세상에 그의 병을 전하지 않았네. 아프지 않은 노래가 남았네.

887

가령 펴져 있는 자갈돌 위에 드러눕는 것은 보기와 달리 몹시 편안하다. 우리가 고통 위에 눕는 것도 그와 같아서……

888

현실을 터부시하는 것은 꿈을 터부시하는 것이다.

889

사랑은 관찰을 낳고, 관찰은 사물의 변형된 모습을 보여준다.

890

모든 것은 현실 안에 있다. 현실을 떠난 보물찾기의 어리석음. 왜냐하면 현실 자체가 보물이기 때문이다.

891

시는 비상(飛翔)이다. 그것은 날아오르면서, 동시에 날아오르게 한다.

892

미나리꽝의 베어진 풀꽃들의 아름다움. 누추함과 아름다움이 어찌 둘이겠는가. 또한 어찌 하나이겠는가.

893

시—꿈과 현실의 불가능한 용접(熔接).

1990

894

아마도 삶의 영원한 자취는 미소일 것이다. 미소—삶의 영원한 숙제. 미소 없는 꽃들을 생각해보라. 끔찍할 것이다.

895

생사 간의 무애(無碍), 그것이 불가능한 일은 아니다. 그것이 불가능하다고 믿는 것은 오직 너 자신일 뿐이다.

896

모든 것은 변화한다. 변화하지 않는 것은 너 자신의 환상일 뿐이다.

897

사랑한다는 말은 생동(生動)을 사랑한다는 말이다. 구체성을 우리는 생동이라 부른다. 생동하지 않는 것은 틀린 것이다.

898

영원한 초록—초록이 생명일 수 있는 것은 그 속에 죽음이 숨쉬고 있기 때문이다.

899

이해되지 않은 삶은 삶이 아니다. 말을 바꾸면 삶은 오직 이해된 삶이다.

900

어울림이 없다면 세상은 얼마나 불행할 것인가. 바위와 나무들이 없는 바다를 생각해보라.

901

모든 어울림은 그것이 그것이기 때문에, 즉 그것이 다른 것이 아니기 때문에 가능하다. 슬픔은 슬픔 전체이며, 기쁨은 기쁨 전체이다.

902

비록 시간의 축이 사상(捨象)된다 하더라도, 사상된 다음 시간은 다시 얼마나 파릇파릇하게 돋아나는가. 아무도 밟아보지 않은 길처럼……

903

색(色)과 공(空), 번뇌와 열반이 둘이 아니라는 사실은 언제나 상큼하다. 그러나 본래 둘이 아니라면, 어찌 둘이 아니라 말할 수 있겠는가.

904

낮게 떨어진다 한들, 높이 치솟는다 한들 얼마나 낮을 것이며, 얼마나 높을 것인가. 하물며 중심이 있는 자에게라면……

905

문제는 짝할 바 없는 큰 긍정에 도달하는 것이다. 아무것도 달라지는 것은 없다. 그 때문에 모든 것은 달라지는 것이다.

906

성인들은 짐승들과 다를 바 없다. 굳이 다른 점이 있다면 성인들은 짐승들 속을 다녀왔지만, 짐승들은 성인들 속을 다녀온 바 없다. 그 가벼운 차이, 그것이 삶의 진폭이다. 이른바 '혼례'와 '흘레'의 차이.

907

다시 성인과 짐승의 차이—그들은 종일토록 같아도 일찍이 같은 바가 없고, 종일토록 달라도 일찍이 다른 바가 없다. 그리하여 '집착'이라는 숙변은 말끔히 제거된다.

908

행복을 향한 비상은 불행으로의 추락을 숙명으로 한다. 원심력과 구심력의 동시 발생적 관계. 그러므로 숙명과 자유의 혼례 혹은 흘레!

909

새들의 비상은 오직 공기의 저항 때문에 가능하다는 사실. 너무도 당연한 것은 쉽게 잊혀진다. 삶이 그렇다.

910

다시 번뇌와 열반은 둘이 아니라는 진술에 관하여. 그 진술은 애초부터 틀린 것이다. 그것은 번뇌와 열반을 분별하는 진술의 허위를 깨우치기 위한 또다른 허위의 진술일 뿐이다.

911

때로 내 논리를 내 삶이 따라잡을 수 없는 경우가 있다. 그럴 때 나는 내가 쓴 글들을 오래 들여다본다. 논리와 삶의 간극 사이에 내가 있다. 나는 '지향(指向)'이다.

문학동네 산문
네 고통은 나뭇잎 하나 푸르게 하지 못한다

1판 1쇄 2001년 11월 26일
1판 8쇄 2014년 3월 28일
2판 1쇄 2014년 12월 10일
2판 10쇄 2023년 10월 27일

지은이 이성복
책임편집 조연주 김고은
디자인 신선아 유현아 | 저작권 박지영 형소진 최은진 서연주 오서영
마케팅 정민호 서지화 한민아 이민경 안남영 왕지경 황승현 김혜원 김하연 김예진
브랜딩 함유지 함근아 고보미 박민재 김희숙 박다솔 조다현 정승민 배진성
제작 강신은 김동욱 이순호 | 제작처 영신사

펴낸곳 (주)문학동네 | 펴낸이 김소영
출판등록 1993년 10월 22일 제2003-000045호
주소 10881 경기도 파주시 회동길 210
전자우편 editor@munhak.com | 대표전화 031) 955-8888 | 팩스 031) 955-8855
문의전화 031) 955-2696(마케팅) 031) 955-8864(편집)
문학동네카페 http://cafe.naver.com/mhdn
인스타그램 @munhakdongne | 트위터 @munhakdongne
북클럽문학동네 http://bookclubmunhak.com

ISBN 978-89-546-2962-1 03810

www.munhak.com